Izumi Waka
和泉和歌

eR
eロマンス ロイヤル

Contents

Miboujin ANNE no Neya no Tehodoki

プロローグ ―― 4

一章 初めての閨指南依頼 ―― 9

二章 良くも悪くも広まる噂 ―― 61

三章 姫の指南依頼と調和の亀裂 ―― 146

四章 本当に大切なもの ―― 188

エピローグ ―― 266

オリバーの傷心旅行 ―― 276

エリオット・グランドール侯爵

《二十九歳》

アンネの義理の息子で前グランドール侯爵の長男。
冷酷で真面目でお堅い印象。
アンネに最初会ったときには物知らずと
馬鹿にしていたのだが……。

アンネ

《二十六歳》

十六歳で老グランドール侯爵、
フリードに嫁いだ元貧乏子爵家の四女。
一年前に夫を亡くし未亡人として
領地で慎ましく暮らしていたのだが……。

レティシア・バードリー侯爵夫人

《三十代後半?》

今まで長年、王室関係、貴族の閨指南を
一手に引き受けてきていた妖艶な美人。
跡取りをもうけたあとは
奔放な性生活を送っているらしいが……。

オリバー・グランドール子爵

《二十八歳》

前グランドール侯爵の次男。
エリオットとよく似た容姿だが、
柔和な印象で社交術にも長けている。
アンネにあまりいい印象を持っていなかったが……。

Character

Miboujin ANNE no Neya no Tehodoki

プロローグ

マルドテレスの王城は、堅牢(けんろう)かつ壮麗(そうれい)である。外敵からの侵入を阻むように、城の周辺はぐるりと水堀で囲まれ、出入り口には頑丈な跳ね橋が架(か)けられている。

城の外観は青と白で統一されており、この国の王家の象徴である双頭の竜の旗が、風にはためいている。

高い天井と、色彩豊かな色ガラスから光が溢(あふ)れ、日中はもちろん、僅(わず)かな月明かりですら城内を明るく照らすよう設計されており、実用的でありながら優美さも兼ね備えている。マルドテレス城の内外装の美しさは、稀(まれ)に訪れる他国の特使からの評判も良く、あまり特産品のないマルドテレスの少ない自慢の内の一つである。

絢爛豪華(けんらんごうか)なシャンデリアや調度品、国宝級の陶器(とうき)、歴代の王族の肖像画等が並べ置かれている廊下の、突き当たり手前の広めの会議室で、それは行われていた。

爽(さわ)やかな初夏の風が、広い会議室内を吹き抜け、風に揺れる木漏(こも)れ日が室内で躍る。そこで、凜(りん)と背筋を伸ばした女性が教鞭(きょうべん)をとっていた。傍目(はため)には、教育に対して真摯(しんし)に向き合っている若き女性教師にしか見えない。

「はい、それでは皆様。私が今申しあげた教科書の、三頁に書いてございます三箇条を胸に刻み、声に出して復唱をお願い致します。さん、はい！」

「一、前戯はもちろん、後戯にも手を抜くべからず。二、体を清潔に保つ事！　三、行為の前には必ず爪を切るべし！」

　複数の生徒が同時に唱えるため、結構な音量の声が広い会議室中に響いた。女性は、生徒達の意欲的な姿勢に満足げに微笑み、さらに講義を続けた。

　彼女の名はアンネ、今年二十六歳になったばかりの妙齢の女性である。このお話は前世の記憶を持ちながら未亡人となり、わけあって処女のままで王族の閨指南を依頼され、それを座学のみで切り抜けようと奮闘する女性のお話である。

　アンネが前世の記憶を取り戻したのは随分昔だ。きっかけはわからない。気付いたらこの世界とは別の教育を、思想を、社会を思い出していた。前世でも、夫は早くに亡くした。しかし二人の子供を育て上げ、平均より早めではあったが天寿を全うした事は覚えている。
　今年二十六歳になったアンネはこの世界で得た伴侶の一周忌を終え、無事喪主としての務めを果たした。アンネが暮らす屋敷は元々は亡くなった夫、前グランドール侯爵のフリードが所有していた領地にある別荘の一つだ。慎ましく暮らす分には不自由しない額の遺産を残してもらい、近くの救済院や教会に寄付をしてたまにアンネ自身が教鞭をとったり、遊びの提案をしたりして穏やかに過ごしていた。

もっと資金があれば低所得者向けの学校を作れたり、救済院の設備を充実させられるのにと常々思ってはいたが、自分はそれを発言する身分になく、夫の爵位を継いだ前妻の息子（むすこ）にアンネの思いを提言できるような仲ではなかったため、諦（あきら）めていた。

まぁ、たとえ夫が生きていたとしても妻は物言わず貞淑（ていしゅく）であるのが尊（とうと）ばれるこの世界で、聞いてもらえたかはわからないが。

アンネがフリードに嫁（とつ）いだのはアンネ十六歳、フリード四十六歳の時だった。貧乏な末端子爵（ししゃく）家の四女だったアンネを娶（めと）る条件は、父が博打（ばくち）で作った多重債務（さいむ）の清算だった。しかし、借金清算後も父のギャンブル癖（ぐせ）は治まらず、破産を余儀（よぎ）なくされ結局爵位を返上した。父の行方はわからない。

上の姉達も全員嫁ぎ終わっており、母もすでに儚（はかな）くなっているので特に問題はない。

借金のカタに、歳（とし）の差が三十歳もあり妻に先立たれたフリードの後添（のちぞ）いとして嫁いだアンネは周囲から、特に同じ年齢の令嬢達から哀（あわ）れみの目で見られた。

しかしアンネ自身は、前世と合わせるとさして夫との歳の差を感じず、おっとりとした気性で、書物の収集と紙の精製、改良が趣味だったフリードと過ごす日々は安らぎのあるものだった。

ただフリードは結婚当初から恐らく重度の糖尿病を患（わずら）っていたのか雄（おす）が機能せず、アンネとの夫婦の営みは結局ただの一度もなかった。フリードは甘い物が好きで、この世界で高級品とされる砂糖菓子を一日に何個も口にしていたし、糖尿病患者特有の臭（にお）いがたまに鼻についたため、前世の晩年でアンネも自身、患っていたのを思い出した。

　医者でもないのにフリードの食生活をいまさら改めさせる事は出来ず、やり切れない思いに駆られはしたが、妻が突然前世の知識を振りかざし何かと口煩くしても困惑させるだけだろうし、下手をすると前世の歴史にあったように魔女として殺されてしまう可能性もあったので黙っていた。

　フリードは前妻との間に二人の息子を授かっており、長男のエリオットが広大な領地と侯爵位を継ぎ、領地はないが子爵位と兄の補佐に就いている次男のオリバーがいるため、後継者の問題はなかった。


　フリードとの日々は結婚して九年目に突然終わりを迎える。フリードが領地視察の道中で落馬し、打ちどころが悪く呆気なくこの世を去ったのだ。

　フリードは元々乗馬が得意であり落馬する可能性は低かった事や、突然意識を失い馬から落ちたと聞いて状況証拠と前世の知識から高血糖だったのかもしれないと勝手に納得した。

　夫よりも断然歳が近い義理の息子二人とは夫の葬儀の時に初めて会った。婚儀の時に顔合わせもなかった事から恐らくアンネに対しあまりいい印象はないのだろうとは思っていたが、直に会った際の冷たい態度でやはりと感じた。

　貴族らしい回りくどい言い方をしていたがつまりは「父の遺言の通り領地内の別荘一つと、領地の寂れた工業地帯の中にある倉庫、最低限の使用人はくれてやるがそれ以上せびってくるなよ」と釘を刺す内容だった。

やれやれという気分だったがアンネとしても変に構われても距離感が摑(つか)めないし、自分の生活が保障されているのであれば特段不満はなかった。

夫が亡くなり一年三ヶ月経(た)った頃、王都に呼び出される前まではアンネはそれなりに穏やかな日々を過ごしていたのである。

一章　初めての閨指南依頼

王城の門をくぐってもまだまだ本丸に辿り着けないという、広大で美しい前庭を馬車の窓から見ていたアンネは、一年三ヶ月前の事を思い出していた。

あれは、フリードが亡くなって数日後の葬儀の日。追悼の鐘がグランドール領の教会に鳴り響く。彼ほど優秀で、国に貢献した人物であれば、王都にあるポラリス本教会で大々的に葬儀を執り行うべきであるが、本人の遺言により自領の小さな教会で葬儀を行うことになっていた。

冥府神オルトディアへ捧げる十三回目の鐘の音を聞きながら、アンネは義理の息子二人と対峙していた。黒衣の喪服を纏い、フリードによく似た艶やかな黒髪に碧の瞳が、眼光鋭くこちらを威圧的に見つめている。整った顔付きはフリードと酷似しているが、穏やかで優しい表情のみをアンネに見せていた彼とは異なり、目の前の男は冷酷な印象だ。きっとこの男が長男で、侯爵位を継いだエリオットなのだろう。そして、彼の直ぐ後ろに控えている、これまた目の前の男とよく似た男は弟のオリバーだ。

「貴女が我が父の後添いのアンネですね？　形式上ではあるが、我らの義母にあたる。葬儀の準備も全て貴女に任せきりになってしまい申しわけない」

「いえ。喪主の務めは配偶者が必ず行うのが、ポラリスの教えですので」

突然のフリード逝去の知らせを聞いた時、アンネは一日中何も出来ず、嘆き悲しむばかりだった。しかし、そのまま悲嘆に暮れているわけにもいかず、葬儀の流れを懇意にしている神父とシスターから教えて貰った。

おそらくフリードからも、万が一自分が頓死した場合の事を頼まれていたのであろう神父達が慌ててアンネに伝授してくれた聖典の教えを、さも当然の事のようにエリオットへ答えて聞かせた。フリードの死を悼み、瞳に涙を溜めながら気丈に振舞う様子と、この言葉を聞きエリオットは感心したように片眉を少し上げるが、彼の無表情はそのくらいの変化しかない。

「貴女宛てに、父が残した遺産がございます。私達と共に馬車で邸に同行願えますでしょうか？」

アンネは死んでもなお、自分が困らないようにと準備してくれていたフリードに改めて感謝をすると同時に、ぽっかりと穴が空いてしまったような虚無感を感じた。アンネは虚ろな眼差しのままコクリと頷き、二人に付いて行ったのだった。

二頭立ての葬儀用の黒馬が引く、グランドール家の意匠がついた豪奢な馬車に、エリオットにエスコートされて乗り込む。ここから本邸まではそこまで時間は掛からないものの、狭い空間で慣れない相手との道中には辛いものがある。なるべく外の景色を見るようにして、兄弟からは視線を外して邸までの長い道のりを耐えた。

エリオットは表情には一切出さないが、アンネのその慎ましい態度と、フリードが用意してくれていたシンプルかつ高位貴族の喪主に相応（ふさわ）しい装いに、彼女を無自覚に好意的に見ていた。そのエリオットの心の機微に本人よりも先に気付いたのが、弟のオリバーである。彼はエリオットがアンネの事を割と好意的に見ているのに気付き、大切な兄がこれ以上彼女に深入りする事のないようにと策を巡らせる事にした。

　本邸に着いて、直ぐにエリオットの執務室へと足を踏み入れる。研究者気質のフリードは意外とズボラな面もあり、紙の研究資料などはその辺に置きっぱなしにしていたが、エリオットは几帳面（きちょうめん）な質（たち）らしく執務室内は乱れた所もなければ、塵（ちり）一つ落ちてなさそうだ。エリオットは本邸付きの侍従にお茶を用意させ、早速本題に入った。

「貴女には父の遺言の通り、今住んで頂いている別邸一棟とここに書いてある金額の遺産をお譲（ゆず）り致します。まずは金額をご確認下さい。これ以上にもし必要なものなどあれば、こちらにご相談頂ければできる限り工面させて頂きますので、その辺はご心配なく」

　アンネは提示された金額を見て、目の玉が飛び出た。アンネが何か言う前に、エリオットは淡々（たんたん）と必要事項を告げていく。

「後、貴女には豊穣神（ほうじょうしん）ウルテナンドの加護を受けている、我が領地オートルの『忘れられた倉庫』を相続させるように、との指示がありますので、そのように手配致します。ちなみに、そこへ行くのには馬車だとルーファルシアの湯浴（ゆあ）み四回分は必要と考えて下さい」

「え？　う、ウル……？　湯浴み……？」

　エリオットから飛び出す、人の名前なのか土地の名前なのかよくわからない単語に、アンネは困惑する。エリオットは「こんな事もわからないのか」と言わんばかりにこちらを見てくる。アンネの沈黙を、領地について一切勉強していないと見られたのか、エリオットの鋭い瞳から深い失望が読み取れる。現に彼は深く長いため息を吐いた。

アンネは十年近く、穏やかで自分にひたすら優しいフリードと共にいたため、エリオットのように高圧的な人物は、父や昔の自分の周りにいた勝手な大人達を思い出させる。嫌でも過去を思い出し、何を答えても責められそうで、沈黙してしまう自分が情けなかった。

「貴女も別邸に籠もっていたとは言え、父から多少の社交は習っておられるはずでは？　まさかと思うが、自分が住んでいるこの領地について何も知らないと言う事はないでしょう。もう父もいないわけですし、これを機に月に何度かこちらの本邸へ通い、領地の勉強をされてはどうです？　私も時間が合えば手を貸しましょう」

アンネも領地については名称と場所、市井の暮らしくらいはフリードから教えてもらって知っていた。自分が後添いとなった後に享受している、今の恵まれた待遇について、領民に感謝すると共に純粋に知りたいと思ったからだ。今の領民達の暮らしや、領地の名前くらいは頭に叩き込んである。しかし、そこにポラリスの神々の名前を持ってこられると、一気にわけがわからなくなるのでやめてほしい。

ちなみにこの時、エリオットがため息を吐いたのは、亡き父がアンネに何も教えていないという怠慢に対して憤っていたのと、話がうまく伝えられない自分に対しての苛立ちからくるものだった。

エリオット自身は、アンネに対し悪感情は全くなかった。むしろ、彼女の震える手を見て純粋に庇護欲が湧き、これからは自分が父に代わり若くして未亡人となってしまった彼女に対して何が出来るかを必死に考えていたのだが、残念ながらその感情はこの時のアンネには一切伝わっていなかった。

二人の短いやりとりを見ていたオリバーは、この状況を利用する事にした。アンネは兄に全く相応しくない。危険な芽は早めに摘んでおくに限る。

「兄さん、彼女のために領地の地図を見せてはどうかな？　兄さんの私室の奥の棚にしまってあったと思うんだけど……」

「ああ、そうだな。ちょっと失礼」

エリオットはオリバーに促されるように私室に地図を取りに行き、執務室にはアンネとオリバーの二人きりになった。

「……兄さんのことごめんね。悪気はないんだけど、慣れない人と話す時はどうしても硬い口調になっちゃうみたいで」

オリバーはエリオットよりも柔和な顔つきをしている自覚があるので、威圧的な態度にならないように心がける。自分まで怯えられてしまっては話が進まない。

「いえ……元はと言えば、私の勉強不足が原因ですので」

殊勝な態度のアンネに多少の同情心は湧くものの、オリバーはこれも兄のためと心を鬼にする。彼女にはきちんと自分の立場を理解してもらった上で、分不相応な事を考えないように釘を刺しておかないといけない。

「まぁ社交は侯爵家には必須のものだしね。基本も碌に身についていないようであれば、来客も多いこの邸に出入りするのは君にとっても酷な事だと思うな。兄のさっきのため息もそれを憂えての事だと思うし」

オリバーのこの言葉を受けて、彼等の言わんとしている事をアンネは理解した。

「あの、元々私は別邸から必要以上に出るつもりもありませんし……こちらの本邸へおじゃまするのも、本日限りですので」

オリバーは自分の筋書き通りに話すアンネに感謝し、頬が緩みそうになるのを堪えなければならなかった。

「そう？　まぁ君がそう言うなら……兄が戻って来たら君の口から、そう言って貰えるかな？　きっと安心すると思うから」

エリオットが私室から地図と、フリードがアンネに遺した倉庫の鍵を持って戻ってきた。倉庫の鍵を受け取ったアンネは「大切な公務もあるのに、自分のために時間を割いて頂くのは申しわけない。別邸で地図を見ながら領地について自習するので、本邸での学習も必要ありません」と震える声でエリオットに伝え、邸を後にした。

エリオットは足早に去っていくアンネを見て「父が亡くなって、まだ数日でアンネも余裕がないのだろう。今はそっとしておいてあげたい」と考え、彼女が何か頼ってきた場合は力になるようにしようと心に決めたのだった。

本邸から逃げるように別邸に戻ったアンネは、未だ生前のフリードの気配の残る家で、一人寂寥感に駆られていた。年齢差もありフリードの方が先に逝く事は自然の摂理なのは重々承知していたのだが、こうも急にいなくなってしまうなんて……。

アンネは一日中泣き過ごし、泣き疲れてぐっすり寝ると生来の楽天志向が少し戻っていた。そして、これ以上ボロが出ないように、二人の義理の息子とは二度と会わないようにしようと心に決めた。元はと言えば、貴族の常識を学ぶのをそっちのけにしていた自分が悪いのは自覚していたのだが、グランドール兄弟二人に対しての苦手意識だけが、どんどんふくらんで行ったのである。


一年三ヶ月前の出来事を、つい最近の事のように思い出しながら、やはりこの状況は心底面倒だとアンネはため息を吐いた。事の始まりはフリードの命日から一年程経った頃、立派な封蠟がついた書簡を受け取った事だった。その見た事のある封蠟の意匠に、とてつもなく嫌な予感がしたが開けないわけにもいかず……。

しかも、今すぐ返事をよこせとばかりに書簡を届けてくれた王城からの使いが、待合室で待っている始末である。長いため息を一つ吐き内容を確認した後、思わず書簡を取り落とし頭を抱えた。

時候の挨拶から始まり、こちらを褒め称える言葉が書き連ねられた定型文の先に本題があった。

『今年十五歳になる第一王子とその側近達に、閨の手ほどきをしてやって欲しい』

向こうとしては王都からも近い領地に住んでいて、処女ではないというのが大前提にあり、未亡人となったが元侯爵夫人なので身元も保証されている。さらに既に喪が明けているアンネは、この役に最適任だと思ったのだろう。

しかしアンネはこちらの世界では立派な処女だ。この世界の閨の作法など、むしろこちらが教えてほしいくらいである。アンネ自身実家で受けた閨教育など『全ては旦那様にお任せなさい』の一言で済まされていた。旦那に任せた結果がこれなのである。

早速お断りの書面を認め、使いに持って帰らせた。

（そもそも十五歳に指南するって事は絶対『実技』も込みって事でしょ！　ムリムリムリ!!）

その数週間後に、今度は二度と会う事はないと思っていたエリオットに呼び出され、どんな圧力があったのか知らないが「指南役を受けないとグランドール領に謀反の意有り」と判断されかねないと脅された。

しかしここで折れたら恐らくとんでもない事になると思い、アンネはエリオットを必死に説得した。

結局折衷案として、今回の依頼者でこの国の宰相でもあるウィル・エランド公爵にアンネが「指南役は無理だ」と直接伝え、相手に納得して貰うまで話し合ってくる、という事に落ち着いたのだった。

◆　◆　◆

そんなわけで閨の指南役をなんとしても断るためにアンネは王城に降り立ったのである。

通された部屋は簡素な応接室だった。王城内の割に華美さに欠けるが、かなり高級そうな調度品が揃えられていた。部屋へ案内してくれた者から「先に着席し、お茶を飲みながら待ってて良い」と言われ、勧められた長椅子に腰を下ろし紅茶を飲みながら依頼人を待つ事にした。

家では決して口に出来ない香り高い紅茶とお菓子を摘みながら、どう断るのが効果的か考えていた時に扉が開き、入ってきた人物に目をやる。

ダークグレーの髪を後ろに撫でつけ、髪より明るめのグレーの瞳で眼光鋭くこちらを見ている四十代くらいの壮年の男性。アンネは慌てて立ち上がり、正式なカーテシーで挨拶した。

「どうぞ楽にしてくれ、グランドール前侯爵夫人。アンネと呼んでも構わないかな？　直接話すのは初めてだね、宰相のウィル・エランドだ。是非ウィルと呼んでくれたまえ。グランドール卿にも協力を要請したのだが、君からあまり色好い返事がもらえていないと聞いてね」

アンネは内心舌打ちしていた。書面でお断りしたのにわざわざエリオットを通すなんて……。

「閣下、どうぞ気安くお呼びくださいませ。殿下方の閨指南役に任命して頂ける等、身に余る光栄にございます。……しかしながらこのお話は私には過ぎたお役目であり、とても務められるとは思えませんでしたので、直接お断りをと思いまして」

口角を上げつつ、絶対やりたくないという本心をなんとか悟られないようにする。しかし宰相として海千山千であろうウィルは、そんなことはお見通しとばかりにこちらを見返す。

「いやいや。君以上にこの件にふさわしい人物はいないと思うがね。殿下はいずれ他国の姫を娶る事になる。その時に両国間に些末な事で摩擦を起こすわけにはいかんのだよ。わかるかな？」

「恐れながら、十分に存じ上げております。ですから私ではとても力不足かと……そもそも去年まで閨教育を請け負っていらっしゃったバードリー夫人はどうなさったんでしょう？　彼女であれば喜んで受けてくださると思いますのに……」

もう宰相閣下相手に無礼とか言っていられず、アンネは反論の上、代替案まで出した。

（そう、恐らくバードリー夫人なら嬉々としてやってくれるのに！）

バードリー夫人は三十代半ばの美しい女性だ。結婚後跡取りを産んでから、夫婦共に自由恋愛主義を提唱しており、経験人数は星の数とも言われている。

「……この度バードリー夫人には、一線を退いて貰う事になってな。そうなると、アンネ以外に適任者がいないのだよ」

ウィルにしては珍しく、歯切れ悪く答えた。何かしらの大人の事情があったのだろう。

「そもそも王家から直々に指南役に選ばれて、まさか断られるとは想定していなくてね。困惑しているよ」

ウィルの口から王家という言葉を出され、強めの圧をかけられ始めた事を敏感に察知したアンネは一計を案じる事にする。ここはなんとか穏便にかわしたい所だ。ただ、弱きを演じて『こいつ、大丈夫か？』という不安感を煽るか、逆に賭けで強気に出て『こいつに任せたらえらい事になる』と思わせるか悩みどころではある。

「……申しわけありません。夫が亡くなって一年程しか経っていないので、とてもそんな気になれなくて……未だに夫のいない生活は寂しくて、精神が不安定になる時があるのです」

それを聞いたウィルはふぅと長めに嘆息し、足を組み直した。その仕草からアンネは何となく断れる雰囲気になった気がして、やはり『亡き夫』というキーワードを盾にしたのは成功だったと心の中で快哉を叫んだ。

「そういえばアンネは救済院と教会に、熱心な寄付と教育を施しているとか……」

話が急に違う方向へ行き、アンネは戸惑った。

「……はい、その通りでございます。親の庇護を受けられない者に手を差し伸べ、最低限のマナーや読み書きなど教えておりますが……」

そう言った瞬間にウィルの目に何か光るものを見た気がして、自分の失言を悟った。

「私の配下に、君が気にかけている教会や救済院の教育に興味のある者がいてね。貴女に書状を届けさせた際に、ついでに見て回って貰ったんだ。そしたら救済院の教室にこんなものを見つけてね。見せてもらったがとても興味深かった」

それは生前フリードが改良した紙でアンネが作った、数冊の教科書だった。

こちらの世界の教育機関は、貴族のみに門戸が開かれている。男女共に十三歳から五年間寮付きの学園に通い、マナーや領地経営学、騎士学に薬学などを生徒に選択させながら身につけさせる。

しかし学園は、一流の教師陣を揃えている代わりに大変高額であり、男は優遇されるが女は入学させない事の方が多い。学んだ所でどうせ家庭に入って子供を産むだけなのだからと軽んじられているのだ。そのかわり家庭教師などをつけて、それぞれ家庭内でマナーや家政など学ぶ。

例に漏れずアンネも学園には通っていなかった。家庭教師の質も家庭の経済状況に大きく左右されるため、アンネなどは本当に最低限の事しか実家で学べなかったのだ。

「この教科書には突っ込み所はいくらでもあるが、まず問題なのは教科書の中身だ」

アンネはもはや平静を装った顔を作る事も出来ず、俯いたまま、まるで罪人のように汗をかいていた。教科書の内容に関して、当たり前だが誰かの監修や検閲など受けているわけではないので、王家に対して不利益や反逆になると判断されれば、処刑コースまっしぐらである。

一度フリードに監修をお願いしたが、「君の書いたありのままで完成させた方がいい」と言われ「それもそうか」と妙に納得し、そのままにしてしまった。

「使いの者もあまりに見事なので、一冊ずつ借りてきてくれてね。全て見させて貰ったよ」

ウィルは和かな表情をしてはいるが、相変わらず目は笑っておらず表情からは何も読みとれない。

「算術は見た事のない方程式で解いている。ここまでわかりやすく纏めて、他者に伝えられる能力は才能だ。優秀な人物をただ埋もれさせるという判断は国としても看過出来ない。これは君が作ったのだろう？　アンネ」

アンネが言いわけを口にする前に、ウィルはどんどん話を進めていく。

「後はこの国の神話を基に作ったであろう、性教育の本だ」

紙を重ねて厚紙にした表紙には、アンネの書いた上手いとも言えない絵が画いてある。

「素晴らしいの一言に尽きる。男性器、女性器を知り尽くしていないと知り得ない事まで、わかりやすく絵付きで救済院の年齢の子供にはちょうど良いくらいの内容に纏めてあった。これよりもっと実用的なものを、是非殿下方に伝授してほしい」

（え、知り尽くすって……）

アンネはこの国の国教とも呼べるポラリス神話の神々のやりとりを参考にした。あとは前世で自身が経験した妊娠出産についての知識等を駆使して、何とかイヤらしくならないように融合させ書き上げた傑作だ。

最初教会に性教育の教科書を見せた時は、信仰する神々への冒瀆と捉えられかねないと難色を示された。しかし、どうせこの教会と救済院以外には出さないだろうという、アンネの楽感的観測で神父とシスターを説得して許して貰っていた。

元々は性教育までやるつもりはなかったが、救済児が望まない妊娠出産をすると、その子供は結局また恵まれない子供として教会に預けられるという悪循環だった。何度も見ているといても立ってもいられず、せめて自分の手の届く範囲の子供達だけでも正しい知識を身につけて自分の身を守って欲しかった。

「君はこの知識をどこで知り得たのかな？　あまりに詳しすぎて人体実験でもしてるのかと勘繰ってしまったよ」

ハハッと明るく笑っているが内容は不穏だ。さて、伝家の宝刀の『今は亡き夫』にまたも縋る時が来たようだ。

「私の夫は書物の収集が趣味であり、古今東西変わった本があると聞けば私財を投げ打って入手しておりました。私も読書は大好きですので、東方の小さな島国に伝わる算術や人体の知識を参考にして作りましたの。作るといっても私自身、ほとんど夫から聞き齧ったものばかりですので、その教科書以上の物を殿下にお伝えするなどお恥ずかしい限りですわ」

何とか気を持ち直し、平静を装いながらそう伝えるとウィルはニィッと笑みを深めた。

（うわぁ……悪い顔してる……）

悪役にぴったりの悪人顔だ。

「今、君がこの話を受けるなら君が望むものを用意しよう。低所得者向けの学校を許可し、王家も支援を惜しまない。教師もこちらが選りすぐった者を用意すると約束する。だが、グランドール領ばかりに目をかけると他領に要らぬ争いを生むので、そこは長い目で見て欲しい所だが……」

（えええええ！）

「……お受け致します」

一も二もなく決断したアンネの言葉を聞いて、ウィルは虚を衝かれたように瞠目して、吹き出すように相好を崩した。

「ハハハッ君は本当に賢いんだな。失礼なのは重々承知だが、君が女性なのがとても惜しい。前侯爵も君のそういう所に惹かれて、可愛がっていたのかな？」

目を細めて楽しそうに言われたため、アンネはつい気が抜けた返事を返していた。

「はぁ……まぁ、確かにフリード様にはかなり可愛がって頂きましたけれども」

それこそ本当の娘のように。

想いを馳せるように俯き、紅茶を一口飲んでからウィルを見ると、なぜか目を見開いて固まっていた。

（え、話振っといてその反応は一体何なの……）

　アンネは嫁ぐ前まで、最低限の事しか家庭教師から学べなかった。しかし、前の世界はこちらより社会的に成熟していたし、あまり変わらないだろうと思っていたから気にしなかった。

　社交デビューした時に交わした同じ歳の人達とのやり取りで、何となく互いに性の知識に齟齬がありそうな気はした。しかし、アンネはデビューしてすぐにフリードに嫁いだため、違和感の事は忘れてしまった。

　アンネの興味のある事は、侯爵家に嫁いでから独学で学んだりフリードから教えて貰ったが、残念ながらアンネが興味を持ったのは貴族の常識ではなかった。フリードも、貴族の何たるかなどをアンネに説くことはなかった。

　アンネが多少賢そうに見えるのは、単純に前世の義務教育のレベルの高さと、この世界以外の記憶を基に多角的に物事を捉えて判断や意見を述べることが出来るからだ。男に付き従うのが女性の美徳と教わるこの国では、まず身に付かない考え方である。

　この世界では最低限の教育しか施されなかったアンネは、貴族独特の言い回しが難し過ぎて理解出来ない。結婚してからフリードには面倒な社交や家政にも関わらなくていいと言われており、他所の貴族と関わる事もなかった。元々引きこもり気質だったので全く苦じゃなかったのだが、フリードが死んでからはそういかなくなった。

　エリオットの言い回しも全然意味がわからないので、夫の財産分与の時に、同じ事を聞いてしまいエリオットを無駄にイラつかせ、隣にいたオリバーには呆れられ散々だったのだ。なので貴族同士なら当然通じる嫌みや揶揄(やゆ)、探り合い等もわからない。つい、一年三ヶ月前のエリオット達とのやりとりを思い出してしまい、苦い思いが込み上げた。

　アンネはわからないなりにも顔色を見ながら判断していくしかないのだが、目の前にいるのはこの国の政治を束ねる大貴族であり、一国を纏め上げる中枢(ちゅうすう)の内の一人でもある。顔色など変えるはずもなく、アンネはかなり恥ずかしい受け答えを口にした事に気付いていなかった。

　珍しくウィルが少し動揺してコホンと咳払(せきばら)いし、話を元に戻した。

「今後、アンネには指南役として王都に在留して貰う予定だ」

「え、在留ですか⁉　通いではなく？」

「今日話していて、通いにすると君は逃げてしまいそうだからね」

「……」

　本来ならエリオットにだけでも、教科書の事は話しておくべきだった。秘匿(ひとく)していていい事ではないのだが、アンネはグランドール兄弟が苦手でこちらから連絡するのがどうも億劫(おっくう)で、結果一年以上黙っていることになってしまった。そもそも、あの堅物のエリオットに性教育の必要性を説くとか、なんの罰ゲームなんだ……最悪の場合、痴女(ちじょ)扱いされて終わりそうだ（色んな意味で）。

「あの、宰相閣下……えーと、指南の内容の事なんですが……」

「ああ、わかっている。もちろんグランドール兄弟にもアンネが暫(しばら)く別邸をあける事を伝えておこう」

「あの……それも勿論(もちろん)なのですが、そうではなくて……それがですね。その、何と言いますか……」

　もごもごとなかなか本題を口にしないアンネに怒る事もなく、ウィルは次の言葉を待った。

「……教科書の事はエリオット様にもオリバー様にも、一切話した事ないんです……」

「……ほお」

「ですから、下手に話されると二人を混乱させると言うか、私が二人に怒られそうと言うか……エリオット様に至っては性教育の教科書を私が作ったと知れば、破廉恥な痴れ者として斬られるかもしれません……」

　ウィルは、震えながら自分の窮状を必死に訴えるアンネの様子をじっと見ていた。その後、少し考えを巡らすようにゆっくり瞬きした後、フッと笑ってアンネを安心させるように言った。

「グランドール兄弟には、決して君を責めないように上手く言っておくつもりだ。学校の建設に関してや他の難しい手続きも全て私が責任と指揮をとり、グランドール領に絶対に損はさせないように尽力する。ただ、こちらが責任をきちんと果たすからには権利も主張させてもらう。その一つが君の指南役の事だ」

　本当はすごくすごく嫌だけど……。

「……かしこまりました。どうか、よろしくお願い致します」

　ウィルは、顔には出さなかったが実は大層驚いていた。前侯爵であるフリードが後継者二人を差し置いて、この若い嫁とだけ領地の収益に関わる重大な知識を共有し、秘匿していたらしいということに。

　フリードの博学さは貴族間では有名で、アンネが作成したこの教科書の価値に気付かないはずはない。

（前侯爵は非常に淡白な男だと思っていたんだがな……）

　だが考えてみれば侯爵の再婚が決まった時は、披露目の宴も祝いの席もなかった。単純に二回目だからと納得していたが、人目に晒さないように囲っていたのだとしたら……。

　オドオドと視線を彷徨わせる目の前の女性をじっと観察する。すごく美しいというわけではないが全体的に涼やかに整っており、それでありながら垂れ目で、目元のホクロが絶妙にバランスを崩していて表情によっては清廉にも蠱惑的にも見える。特にその瞳が印象的だった。国の中枢を担う人物と対峙しながら、媚びも畏怖も感じない。

　彼女の困ったような顔を見ると、嗜虐心が擽られ、もっと見たくなるような不思議な感覚になる。年甲斐もなく湧き起こる感情によって、落ち着かない気持ちにさせられた。

　自分の感情の事もとても信じられないが、フリード亡き今この女性の知識は大変貴重なものだ。なんとかして囲い込めないかと考えを巡らせた。

　いつも閨の指南を頼んでいたバードリー夫人が、感染症を患っている事が発覚した。命に関わるものではなかったようだが、もともとあまり評判のいい人物でなかったこともあり、これを機に指南役を違う人に依頼すべきと決まり、白羽の矢が立ったのがアンネだった。

　本来はアンネに断られたら、指南役は別の候補から選ぶつもりであった。アンネほどには条件に合う者はいなかったが、そこまで固執してはいなかった。

気が変わったのは子飼いの調査機関が、アンネが懇意にしているという教会や救済院に最初の書状を届けたついでに訪問した事にある。王太子に関わる予定の人物は徹底的に調べ上げ、害がない事を確認しなければならない。

子供達は救済院育ちながら挨拶もしっかり出来ており、各自の部屋も自分達でしっかり掃除しているのか清潔に保(たも)たれていたと言う。

食事する際のテーブルマナーも皆洗練されており、貴族の子供とまではいかなくとも豪商の子供ほどのレベルだった。

なにより驚いたのが、教会で開かれている勉強の時間だった。何冊もの紙に書かれた教科書を、無料で提供されている木札に生徒自ら写本し、読み書きや簡単な計算を習う。足し算引き算どころか掛け算割り算も変わった方程式で解(と)いていた。

他にも音楽の時間、体育の時間、道徳の時間などあり子供に飽きさせないように教育課程にも工夫が見られるなど、とてもじゃないが救済院で習うレベルを越えていた。休憩時間には見た事もない娯楽玩具(ごらくがんぐ)で子供達は熱心に遊んでいたと聞く。

その話を聞いた時はフリードが生前からやっていたのだろうと思っていた。部下も初めはそう思っていたそうだが、子供達の中でも一際(ひときわ)素直そうな子数人になに気なく聞いたところ、どうもアンネ一人で進めているようだった。

フリードが集めていた本は確かに多岐にわたっていたが、特に国外から国内に持ち込まれた本はきちんと管理されていた。

　エリオットに頼んで屋敷内の書庫を見せてもらったが教科書に書いてあった人体に関する事や、円で書かれたグラフについて記述されたものはなかった。

　報告を聞いても俄かには信じられなかったが、部下が内緒で借りてきた教科書とアンネが認めた断りの手紙の筆跡を見てこれは全てアンネが作ったものだと確信したのだ。

　そんな事を思い出して紅茶を飲んでいるとアンネが思いつめた顔で口を開いた。

「閣下、指南の仕方についてなんですが……私からの実技はなしにしたいのです。後、習った事を復習できる、要人向けの娼館などあれば教えて欲しいのですが……」

　アンネのこの言葉に、ウィルは危うく口に含んだ紅茶を吹き出すところだった。

　貴族女性からこうもあけすけな話をされるとは思ってもいなかったからだ。

　いやいや、しかし指南役としてこれから教鞭をとってもらうからには、寧ろこれくらい赤裸々の方が望ましいだろう、と認識を改めた。

　指南の内容にウィルは当然『実技込み』と考えていたため、なしにしてくれと言われるのは……正直もっと奔放な女性をイメージしていたため、とても意外だった。そもそも国としての依頼となると大変名誉な事だし、アンネの作った教科書を見るに男性の事もよくわかっていそうだったから、まさか依頼自体断られると思っていなかったのだ。

　ちなみにウィルの言うアンネ作の教科書の内容とは、前世ではエロとも言えない一般的に知られてる内容がほとんどだ。しかし、この世界では書物のように後世に残る物には、性に関する直接的な表現はまず記載しない。性的な事を描く時は、ポラリス神話の神や精霊で表現を誤魔化すのが通例だ。それ故に指南の内容は実技に重きを置いて、指南役と実践を積むのが一般的だ。

男性向けの所謂官能小説も、実はアンネの教科書ほど直接的な表現はしていないのだが、そんな小説の存在を知らないアンネはこの世界の加減を知らなかった。

（しかし実技なし、座学のみで何とかなるものなのか……）

多少不安は過ったものの、自分の想像の斜め上を行くこの女性に任せてみるのも面白いかもしれないとウィルは思った。それにしても、今はエリオットがアンネの後見人なのが多少面倒だなとウィルは思う。若いのに堅物、女嫌いで有名なエリオットと兄ほどではないが、排他的な考え方をするオリバー。この二人にタッグを組まれると厄介なのだ。

大体の話が終わったため、ウィルは侍従を呼び出し、一人の仕立てのいい服を着た三十代くらいの男性を呼んだ。

「君の要望は全て叶えよう。今後のやり取りは、私の部下であるロータスを通してくれたらこちらに伝わる」

「どうぞよろしくお願いします、アンネ前侯爵夫人殿。ロータス・ウォルターです」

慇懃に挨拶されアンネも畏まる。

「ロータス様もどうかアンネとお呼びください。宰相閣下、ロータス様、今後とも是非よしなにお願い致します」

アンネは裾を持ち上げ挨拶し、そのまま王城を後にした。

（ああああぁぁ〜〜良かったあああぁ！　宰相が思った以上に話が通じる人で助かったわ!!）

アンネは王城へ来る時の重い足取りとは打って変わって心も軽やかだったため、家に着くのも早く感じられた。

この依頼で、長年憂えていた領民の多くの教育問題も解決するだろう。ゆくゆくはグランドール領だけでなく、国全体に広まって識字率が上がれば国の発展にも絶対役立つはずだ。

苦手なエリオット達の対応も万事お任せで良さそうだし、後の問題はちゃんと殿下達に座学のみで閨の指南を務める事だ。アンネはいつになく、生来の楽天思考に拍車がかかっていた。長年の望みが叶う喜びで知らず脳内から快楽物質が出ていたためだろう。

要するに、殿下達にどこをどうしたらこうなる的な事を教えればいいのだ。

どうせならまとめて終わらせた方が効率的だろうから後でロータスに書状で伝えないと！

気合いを入れてアンネは『複数での指南を計画しておりますので、広めのお部屋をお借りしたく存じます』と言う内容を認めてロータス宛てに送った。

後日アンネからの書状を確認したロータスは上司から「実技なし」をまだ聞いていなかったため、『複数での指南』と聞いて卒倒しかけた。

そしてエリオット達の対応を宰相に全任せにしたツケが数日後に回ってくるとは、この時のアンネは想像もしていなかった。

ウィルとの話し合いの後は怒濤(どとう)の日々だった。王城内に与えられた一室には、アンネが別邸で使っていたお気に入りの調度品が運び込まれ、側仕(そばづか)えとしてメイドのカーラを連れてきた。

ウィルからの依頼は『殿下達への指南は、救済児達に教えている内容より踏み込んだものにしてほしい』というものだった。となると、より実践的(じっせんてき)な内容を、実技なしで口だけで説明して、理解をしてもらわねばならない。言葉にするのが恥ずかしいとは言ってられない。

まぁしかし十代男子などアンネから見れば子供のようなもの、前世分も合わせると孫みたいなものだ。そう考えると羞恥心(しゅうちしん)どころか老婆心(ろうばしん)が出てきて、何でもかんでも用意したくなるから不思議だ。

そしていよいよその日がやってきた。

ロータスに頼んで大会議室を確保して貰い、大きな黒板とチョークも準備した。今日は王太子含め、計六人の指南を行う。人数分の資料も完璧(かんぺき)だ。日程としては一応五日間を予定している。

指南のカリキュラムとしては以下の通りだ。

一日目：初夜について、女性器の外部の役割
二日目：様々な体位と、奉仕(ほうし)の仕方され方
三日目：男性器と女性器内部の構造、妊娠しやすい時期の割り出し方
四日目：雰囲気作りや、女性が言われて嬉(うれ)しい睦言集(むつごとしゅう)

五日目：妊娠期間中の妻への接し方、産後のケア等

授業の合間のお茶の依頼と、始業前にカリキュラムの確認や色々と雑務をこなしていると、あっという間に時間になってしまったので、急いで会議室に向かう。

中へ入ると十代の若々しい顔ぶれの中に、一人異彩を放つ明らかに二十代後半の男が座っていた。短めの黒髪を上品に整えて、碧の瞳に鋭い光を宿している。キッチリとした仕立てのいい深い緑のビロードの上着の中に白いジャボが覗く貴族の普段着で、美しいかんばせによく似合う衣装だ。

（ってか、いやいやいや……）

「……エリオット様？　あの、そこで何をしていらっしゃるのでしょう？」

指摘されたエリオットはさして恥ずかしがりもせず、ちゃっかり後ろの席ど真ん中を陣取っている。

「私の事は気にせず、講義を進めてくれたまえ。許可は得ている」

（なん、だと……）

誰に許可を得たのか知らないが、エリオットがこういう時は最早アンネがいくらごねようが意地でも見ていくのだろう。しかし、嫌みの一つでも言わないと納得できない。

「あの～、私の指南はエリオット様のような百戦錬磨のような方には、些か初歩的過ぎてお耳汚しになるかと存じますが？」

そこにいられると邪魔ですよ？　というのをふんわり伝える。

「私が貴女の後見人である以上、殿下に対して不敬な事をされてはたまらん。通常の閨の指南方法であれば私もこのような野暮はしないが、今回は見届けないと気が済まん。いいから早く始めたまえ」

（は、は、腹立つ〜〜〜〜〜!!!）

いらいらしながら資料を回していく。突然のエリオット襲来に気を取られていたが、生徒の面々を見ると改めて感嘆の息を漏らしそうになった。そこには『次期○○』が揃っていた。『次期国王陛下』『次期宰相候補』『次期騎士団長候補』etc.……

錚々たるメンツだ。

（確かに、このメンバーに下手な事を教えたりしたら領地没収の上、一族連座もあり得る、かな？いやいや、流石にない……と思いたい）

エリオットとのやりとりで図らずも緊張が解れたので、先に挨拶を済ませることにした。

「皆さま、初めてお会いする方ばかりかと存じます。前グランドール侯爵の妻アンネと申します。本来であれば、皆様方のような高貴な方々に御目通りも難しい立場でございますが、このような機会をいただきましたので精一杯務めさせていただきたいと思います。女の私ではわからない事、聞きづらい事もあるかと存じますのでここにいらっしゃる経験豊富なエリオット様にも、助手としてサポートして頂いて誠心誠意尽くして参りますのでよろしくお願い致します」

ニコリと笑ってエリオットを見た。

嫌みをふんだんに込めた挨拶に口元をひくつかせるエリオットを見て、アンネは少し溜飲を下げたのだった。

　エリオットは未だかつてなく困惑していた。

「……で、女性器のこの部分。正式名称は『クリトリス』もしくは『陰核』ともいうのですが」

　アンネは黒板に大きく○をつけ、矢印で大きい文字でクリトリスと書いていく。黒板には大きく女性器と思しき図が書いてある。

「ここはなんと！　快感のみを拾う器官なんですけれども、ここばかり攻めていては女性の負担が大きいです。ここを触れると同時に胸など触るとより効果的かと思います。人によっては舌で転がすのも吝かではないようですが、どうしても出来ないという方はせめて指で弄ってあげるくらいはしてほしい所です」

　うんうん、と一人頷きながら神妙な面持ちでアンネは語る。

「まぁ、この辺は経験がモノを言う部分もあるかと思いますので、資料の八頁に載せている要人御用達の娼館などで経験を積むのも一つでしょう」

　資料の八頁には、娼館への詳しい行き先や大体の料金などの記載があった。

「さて、ひとまずここまでの説明について、皆様。え……っと、大丈夫でしょうか？」

　アンネはやっと生徒達の様子がおかしいことに気付いたようだ。

（大丈夫じゃない。全然、大丈夫じゃない）

六人＋一人はアンネの顔をまともに見られる気がしなかった。特にエリオットに至っては自分の亡き父とアンネの閨事情をリアルに想像してしまい、消えてしまいたいくらいの羞恥に襲われていた。

　授業が中盤を過ぎた頃、初めて褥を共にする女性への労り方を話していたアンネに対し、本日初めて質問が飛んだ。

（あれは、外交部官長のアルダ子爵家の嫡男ダミアンか……）

「あの、正直女性に対してそこまでする必要がありますか？　子種を注げば子供が出来るわけですし、女性側もそれはよくわかっているはずなので、多少の痛みなど我慢すべきでは？」

　一瞬で冷ややかな空気がアンネから流れ、まるでゴミムシを見るような目でダミアンを一瞥した後、にっこりと微笑んだ。

　エリオットが質問したわけではないのに背中に何か冷たい物が流れた気がした。

「アルダ様、いい質問ですね。夜伽が初めての女性に対して労り、心を砕くのは紳士として当たり前の事ですよ。挿れる側よりも受け入れる側の負担の方が大きいのですから」

　ダミアンは今ひとつ理解出来ていない雰囲気を出している。エリオットはハラハラしながらアンネを見ると、何やらゴソゴソと荷物を探り、取り出したソレを見て全員が息を呑んだ。

「うーん、女性への破瓜の負担を男性にもわかりやすく説明するとなると、そうですねぇ……挿入される側を体験していただくのが一番かと思います。指南の方法は宰相閣下より全て私に一任されておりますし、ご安心ください」

アンネがさすりとソレを撫であげるのを見て思わず喉が鳴った。『宰相に一任されている』という事は、この場の選択権は全てアンネに委ねられているのも同然だ。

「ここに、平均的なサイズより少しだけ大きめの男性器を模した張型をご用意しています」

リアルに赤黒く塗装されたそれは、本当に平均より少しだけなのか疑わしい。エリオットの目にそれは非常に禍々しく映った。

「口頭でご理解頂けないのであれば、娼館に頼んでこの張型でアルダ様の後ろの穴を貫いていただくように頼みましょう！　幸い、そういう開発が得意な娼婦がいると聞いた事がございますし。もしお一人で行かれるのが不安であれば、僭越ながら私もアルダ様の初めてを見守らさせ……」

「いえ!!　アンネ先生、申しわけありません!!　とてもよくわかりました！　この場に誓って、これからより一層女性に対して敬意を払うと誓いますっ!!」

ダミアンは食い気味に、キッパリハッキリ言い切った。アンネはフワリと微笑み、少し残念そうな顔をしながらも納得した。

(何故、残念そうなんだ……)

「そうですか？　それならいいのですが……辛い時に一番に相談できる相手であって欲しい夫に冷たくされれば、きっと奥様となられる方の深い心の傷となってしまうでしょう。ご理解いただけて良かったです」

そして、その日はもう誰も質問をしなかった。

本来、閨の作法など手練の娼婦や未亡人が実践混じりにマンツーマンで教えるのだが、こんなに詳しく名称や個人的感想など交えて説明などしない。皆、大体が『ここに子種を入れると子供が出来る』程度の知識なのだ。アンネの授業はエリオット達からすると『裏モノ官能小説の音読会』並みの破壊力があった。

　エリオットからは皆の後頭部しか確認できなかったが、下半身の事情で、恐らく席からすぐ立ち上がれるものはいなさそうだ。三十歳近い自分も怪しいのだから十代の彼らなど大変な事になっているのではないだろうか。こちらが大変な目にあっているというのに、諸悪の根源のアンネは呑気(のんき)に資料の片付けをしている。

「今日はこれで終わりに致します。何かわからない事があれば、遠慮なさらず聞いてくださいね」

　アンネは困ったような顔をして皆に告げた。その顔に妙に腹が立って、エリオットはこの授業内容について詰(なじ)りたくなった、が、

「では、明日の授業は十頁の『様々な体位と奉仕の仕方、され方』について学びましょう」

　アンネのこの言葉によって文句を言う気持ちが霧散(むさん)した。

　エリオットは資料を持って帰ることにした。内容は恐ろしくて今日習ったページ以外は開いていないが、明日の授業内容を聞くにロクな事が書いてなさそうなのは明白(めいはく)だ。

　予習をしようと思って持って帰ってきたわけではない。断じてない。万が一オリバーへ説明が必要になった場合に、現物があった方がいいと判断したためだと、別に誰に責められているわけでもないのに、言いわけをしている自分がいた。

結局エリオットが自宅に着いた頃には、既に日が暮れていた。

「おかえりなさいませ、旦那様」

玄関の大きな扉を開けると、侍従のクロウが控えておりそのまま上着を渡す。チラッと見回しても弟の姿はない。

「オリバーは？」

「オリバー様は執務室にいらっしゃいます」

「……そうか、わかった」

帰るまでオリバーへの説明をどうするか、エリオットは随分悩んだ。しかし、結局なんと説明すればいいのかわからず、とりあえずアンネの指南の残り全てを受けてから話そうと問題を先延ばしにする事にした。

一度指南役を引き受けたからには、辞めろとは絶対に言えない。とても言いたいが……言えない。

エリオットはあんな屈辱的に肩身が狭かった事は、生まれて二十九年で初めてだった。城からここに着くまで少しでも誰かの笑い声が聞こえると、自分が噂されているのではと疑心暗鬼に陥ったくらいだ。

（これは自分が、多少神経質な気性でもあるからだろうが……）

しかし冷静になって今日の授業内容をよくよく考えてみると、確かにただ『実技』をするよりも色々と衝撃が強過ぎて、結果頭に叩き込まれた感は否めない。

特に前戯の仕方や処女の（色んな意味の）解し方など、女性目線でわかりやすく、とても殿下達のタメになったとも言える。

そして男同士でも口にしないような内容を澱みなく喋る彼女の口は、割合ぽってりしていてあの口元がはしたない事を口にしていると思うと、こう……ちょっとクるものがあった。

彼女にも今日習った『女性の快楽を拾う秘所』があるのかと思うと不思議な気持ちになり、それを開拓したのが我が父かと思うと複雑な気持ちへと変わった。

「……明日は確か、十頁の体位がどうとか何とか言ってたな」

いそいそと鞄から資料を取り出し読んでみようとした瞬間、ノックが響いた。やましい事は何もないはずなのに、ついビクッとしてしまい思わず食い気味に入室を許可する返事をしてしまった。

「兄さん、もう帰っていたのか」

自分とよく似た弟が部屋へと入ってきた。父と弟と自分は本当によく似ている。父は自分達よりは太っていたが顔のパーツ、髪と瞳の色も同じだ。何だかバツが悪い気がして妙に焦ってしまい、オリバーに不審がられた。

「あ、ああ。今、ちょうど帰ったところだ」

「……ふーん。で、あの子の指南はどうだった？」

「………」

「え、まさか失敗してたとか!?　元々座学のみとか無茶だとは思ってたけど」

エリオットが沈黙したのを良くない方向へ考えたのか、オリバーは焦りながら聞いてきた。

「いや、失敗……とはまだ言えない。全ての授業を終えてから判断する事にした。殿下方の反応は……悪くないように思う」

珍しく精彩を欠く兄の態度と言葉を聡い弟が見逃すはずはなく、持って帰ってきた資料をあっさりと発見され、詰問される事になるのだった。

◆　◆　◆

アンネと初めて顔を合わせたのは父フリードの葬式の時だった。

最初見た印象は普通のどこにでもいる令嬢とさして変わらず、強いて言うなら涼やかな佇まいの割に垂れ目で、目元のホクロが印象的だった。また他の令嬢にあるような媚びた態度が微塵もなく、一人気丈に父の死と向き合うひたむきな姿勢に、好感すら覚えた。

父の後添いとして十年間支えてくれたというのもあるので、最大限の敬意は払おうと思っていた。しかし財産分与の件で話した時に、どうも会話が噛み合わずうまく伝わらない苛立ちを空気で伝えてしまい、フォローも碌にせずキツい言葉で必要事項のみ告げてしまった。

失礼な話だが、会話が通じないのはてっきりアンネの頭があまり良くないせいだと思っていた。なのでアンネが近くの救済児達に教育を施しているというのは知ってはいたが、大したものではないと決めつけて放っておいていた。

あの程度の社交も難しいのであれば今後も生き辛いかもしれない……そう思い、お節介なのは重々承知で後ろ盾として彼女には何も言わず、エリオットが後見人になる手続きをした。

閣下(ウィル)からアンネに指南役依頼が来た時は、殿下の御前で粗相(そそう)があっては困ると思い、一度は丁重にお断りした。しかし「本人からの了承は必ず得る。いくら後見人でも勝手に拒否は許されない」と何故か強めの圧力をかけられた。その後、閣下の手の者がグランドール家へと訪れ、父の元書斎や私室、別邸の本棚など片(かた)っ端(ぱし)から調べていったがどうやら目当てのものはなかったようだ。

　ウィルからの依頼をエリオットだけでは断れなかったため、経緯報告のためにアンネを邸へと一年ぶりに呼び出した。その際にアンネがエリオットを見て露骨(ろこつ)に嫌そうな顔をした時に、しばらく会っていない間に随分嫌われているなと地味に落ち込んだ。

　閣下曰(いわ)く、アンネの閨指導は実技なしの座学のみになったという。エリオットは耳を疑ったが、どうやら父が改良した紙を使って救済児達の教科書としていた中に、性教育のものもあったらしく、その内容が宰相の目に留(と)まっての抜擢(ばってき)だそうだ。救済院のものよりさらに踏み込んだ内容にすれば、座学だけでも十分閨での教育は身につくという。

（改良された紙というのも気になるが、あのアンネに座学だけで殿下達に指南を行うなど、下手打てば不敬罪になるかも知れない……）

　ぞっとしたエリオットは、急いで宰相に取り次いで貰い、座学のみの閨指南とやらを見学させて貰えないか頼み込んだ。

　見学の条件として、アンネの指南に口を出して決して邪魔(じゃま)をしない事。改良型の紙の作成資料の捜索(そうさく)や、その利権について話し合う事。国との共同運営を検討する事等を約束させられ、まんまと彼女の授業に参加したのだった。

元々紙の件は、一領地で管理するには大き過ぎる内容だった。謀反を疑われるのも面倒だったので、とっとと国に押し付けたかったため、結果としては良かった。

授業当日、挨拶の時、彼女なりにエリオットへ嫌みを言ってドヤ顔していたが、問題はその内容だった。まさかあんな直接的な言い方で何も誤魔化さず口頭と資料で説明するなんて……。

閣下との取り決めがあるので踏み止まったが、何度中断させてしまいたいと思ったかしれない。

そして同じ時間帯。王城の一角で今日の報告を受けて、頭を抱えてる人物がもう一人いた。

「……本当に、この内容で授業を？」

ウィルはロータスから手渡された資料の中身を見て、頼む嘘であってくれと願っていた。

「はい。黒板に図を書いて、大きな声でわかりやすく説明しておいでてでした」

「そ……そうか。ご苦労だった」

自ら頼んだ事ではあるのだが、今さらながらとても後悔していた。だが、あーだこーだ言っていても仕方ない。やってしまったからにはキッチリ完遂させねば、周りに示しがつかない。

(しかし、この内容を大きな声で……殿下の事が心配になってきた)

この報告を読んだ後であらかたの仕事を片付け、ウィルはレイフォード殿下の元へ駆けつけた。

王族専用通路の突き当たり、右端の部屋にレイフォード王太子殿下の執務室兼私室がある。

ノックし入室の許可を得て私室の扉を開けると、湯上がり後のガウンを羽織った状態で長椅子に腰掛け、本を読んでいる貴人がいた。幼く見えるため普段は後ろへ流している金の前髪が、今はサラサラと見事な碧眼を見え隠れさせている。片手に書を持ちながらロシェッタ産の高級ワインを嗜んでいるのを見ると、まるで一枚の絵画を見ているようで男でも思わず見惚れてしまう。

読んでいるのがアンネの教科書でさえなければ……。

「で、殿下！　その本は……」

レイフォードはスッと視線をこちらへ向けた。その仕草は、ウィルが普段直接仕えている国王陛下とそっくりであり、やはり親子は似ているのだなと場違いにも妙な感心をしていた。

「あぁ、エランド卿。こんな時間に何か用か？　……まぁ、聞かずとも想像はつくがな」

麗しき王太子はクックッと実に楽しそうに笑って、また本に視線を落とす。

「彼女の指南は……その、どうでしたか？」

「素晴らしかったよ。閨の指南など今さらいらぬと思っていたが、思いの外楽しめた。特にアンネがダミアンを黙らせた時は、なかなか痛快だったぞ」

（ダミアン……？　アルダ子爵令息か。本来なら今回指南に加える予定はなかったが、次代の王とその側近が指南を受けると聞いて息子をねじ込んできたのだったな。あそこは現子爵が男尊女卑の思想が激しく、女性の使用人がまともに居つかないので有名だ。その息子を黙らせるとは……）

「ちなみに明日の授業は『様々な体位と、奉仕の仕方され方』を学ぶそうだ。今から楽しみだな」

あんまりな内容に思わず固まってしまった。一国の宰相たる者、どんな時も平常心でいなくてはならないのだが。

ウィルの動揺を気にもとめず、レイフォードの口角は上がりっぱなしだ。

「彼女と実技が出来ないのが実に残念だ。年齢やら身分の関係上、側妃には迎えられんし……愛妾ではどうだろうか？」

「殿下、十一歳上は流石に……お戯れが過ぎます」

「そうか？　結構、本気なんだがな。……まぁ、既に番犬がついてそうではあったが」

「……グランドール侯爵の事ですか？　あそこも一筋縄ではいかなそうですがね」

その言葉を聞いて、まるで新しい玩具を見つけた子供のようなキラキラした瞳でレイフォードはウィルを見た。

「面白そうだな。その話、詳しく聞かせてくれ」

◆◆◆

アンネの閨の指南二日目も概ね順調に進んでいた。

たださらっと終わらせるはずだった体位が、皆の興味をそそったのか次々と質問があがり、かなりの時間を取られた。

仕方ないので授業の最後にまとめて説明する事にした。

「では騎乗位と屈曲位、対面座位や他の変わった体位でしたね」

(屈曲位は説明せねばわからないかもと思っていたけど、まさか騎乗位も知らないなんて……)

質問があるのは嬉しいのだが、体位はどうにも一人では説明し辛い。絵もそこまで得意じゃないし、どうしようかなと考えているとふとエリオットと視線があった。

今こそ彼を助手として使う時ではないか！　我、天啓を得たり。

アンネの熱い視線を受けて、嫌な予感を察知したのかエリオットの顔が歪んだが、そんなもんは見てみないふりをする。

「すみません、エリオット様。助手として、是非お手伝い頂けませんか？　体位は一人では再現し辛くて……」

「はっ!?　なっ……絶対ごめんだ！　体位の再現など破廉恥な……っ！」

エリオットは顔を真っ赤にしながら、すごく嫌がっている。二十九歳にもなってあんなに恥じらって……ちょっとかわいい。アンネは、精神年齢がカンストおばさんなので特に動じない。

しかしエリオット以外は多感なお年頃の少年達だし、こんな事は頼めない。再現が出来ないと、アンネの下手な絵で説明しなければいけないのか。

(うーん、困ったな)

すると、今の今まで静観していたレイフォード殿下が、エリオットの方へ振り返った。

「グランドール卿、私も是非見てみたい。私の顔に免じてアンネの助手として、我等に教示願えないだろうか」

まだ少し幼さが残る、殿下の形のいい両眉が下がり何かこう……庇護欲が掻き立てられる。今まで質問も何もされなかったので影が薄く感じていたが、改めて見ると輝かしい王子様然とした、文句無しの美形だ。

王太子殿下にそう言われてしまっては、流石のエリオットも否を言うわけにはいかない。

「…………御意のままに」

だいぶ間のある返事をして渋々(しぶしぶ)前に出てきたエリオットを、教壇(きょうだん)の見えやすい位置まで誘導する。

「まず騎乗位から説明しますね。エリオット様、申しわけございませんが下に寝て頂いてもよろしいですか？　綺麗(きれい)にしてもらっているので、お召し物は汚れはしないと思いますが……」

「……わかった」

エリオットは死んだ魚の目をしながら従った。気付けば生徒達はかなり距離をつめてきており、少し怖いくらいだ。

「えっと……騎乗位は、女性が男性の上に跨(また)がり挿入します」

そう言いながらエリオットの顔の横に両手をつき、上に跨がる。一瞬、生徒達からおぉっ！　と、歓声があがるが気にしない事にする。

「対面座位は、ここから男性が上体を起こし口付けなどしながら昂(たか)め合います」

エリオットに上体を起こしてもらって、淡々と説明していく。

「個人的に、騎乗位は破瓜の体位には向かないと思うので、何度か閨を共にした時にでも試してみると良いかもしれません」

（初めての時に騎乗位でってあんまりしないよね……多分）

この辺は、アンネの独断と偏見だ。エリオットに跨がりながらうんうんと考える。

「後は屈曲位なんですが、奥に子種を放つのに向いている体位と言われていますので、妊娠をより確実にしたい時に有効らしいです。妊娠しやすい時期というのもありますので、併せて考えるとより効果的かもしれません」

エリオットに跨ぐのをやめて、今度は下半身側へ移動する。

「挿入の仕方ですがエリオット様側が女性の姿勢、私が男性の姿勢です」

寝ているエリオットの両足を持ち上げ、それぞれの足を両肩に乗せそのまま立て膝からエリオット側へ、前傾姿勢にして倒れていく。

服越しではあるがエリオットと自分の下半身がくっついた。

（あ、流石にこれはちょっと恥ずかしいかも）

目の前のエリオットは、最早恥じらう乙女（おとめ）のように両手で顔を隠している。ちょっと可哀相（かわいそう）になってきた。羞恥に顔を赤くし隠しているエリオットを見ていると、アンネの中にも少しだけ湧き出ていた羞恥心は引っ込み、代わりにエリオットに対する哀れみの気持ちが湧く。

「ちなみに、ここから女性の片足を持ち上げ、もう片足を跨ぐようにしてこのように挿入すると、深い結合を得られます。これが『松葉崩し（まつばくずし）』という体位です」

「まつばくずし……」

どこかで、か細く何人かが復唱する声が聞こえた。

「女性の反応を見つつ、色々試すといいですね」

アンネは抱えていたエリオットの足を下ろし、スッと立ち上がった。アンネにいいようにされ放心状態のエリオットも起こし、少しついた埃を払ってあげた。

「エリオット様、とっても助かりました！　ありがとうございます。また助手が必要になった際は、よろしくお願い致しますね」

にっこりとエリオットを見上げてお礼を言った。

「……ああ」

もういつもの嫌みも言えないのか、エリオットはフラフラと無言で席に戻って行った。

魂を抜かれたも同然のエリオットはその日帰宅後、そういう経緯もあった事をオリバーへ伝えて、今後の対策を相談する事にした。

やはり弟に隠し事は無理だ。オリバーはやたらと鋭い。変に拗れる前に相談するに限るとエリオットは嘆息した。


一方、兄からアンネの指南の様子の報告を聞いたオリバーは、対策に頭を悩ませていた。

ただ悩んでいたのはアンネの教え方についてではなく、エリオットをアンネからどう引き離すかだった。

この国の貴族男子は未経験、経験済みにかかわらず、親か後見人が指定した指南役から作法を習わないと結婚が出来ない。正直埃を被った法律ではあるのだが、特に古きを重んじる上位貴族の中には気にする者達が一定数いるのも事実だ。社交の話のネタぐらいにはなるので形ばかりではあるものの、慣習として残っていた。やろうと思えば一日足らずで終えられるので、放って置かれている法律である。

今から十三年前。

オリバーは、本来エリオットが受けるはずだったまだ若きバードリー夫人からの閨授業を、興味から兄と偽（いつわ）って受講した。兄弟は姿形（すがたかたち）が非常によく似ている上に年子（としご）のため、バードリー夫人も気付かずエリオットだと思って実技込みでオリバーに指南した。

その後、代わりに指南を受けた事を兄に正直に伝えて、多少のお小言はあったが普段兄と何かと比べられがちなオリバーは、優秀な兄より少し先を行った気がしてその時は優越感すら抱（いだ）いていた。

今度はエリオットがオリバーとして指南を受ければ特に問題はなかったので、次の指南を依頼した。しかしバードリー夫人との都合が合わず、次回は数週間後となった。特に焦る必要もなかったので他の女性に作法を教わるより、当時美人で人気だったバードリー夫人を待つ事にした。

オリバーが大変だったのはその何日か経った後だった。

オリバーは真夜中に下腹部に違和感を感じた。その日は気のせいだろうと何とか寝たが、朝起きて排尿時に陰茎（いんけい）に激痛が走り、亀頭（きとう）から膿（うみ）が出た。

あまりの痛みにのたうち回り、医者が来るまで永遠かと思うほどだった。

自身が当時流行（はや）っていた性感染症である事を知り、心当たりはこの前の閨指南しかなかった。医者曰くオリバーがもらった性病は女性にはあまり症状が出なく、男性には激しい苦痛を齎（もたら）すものだったらしい。

何日か医者から処方してもらった薬を服用し、何とか事なきを得た。しかし、十代でのこの体験はオリバーと、側で弟が苦痛でのたうち回る様を見ていたエリオットに深いトラウマを残したのだった。

オリバーは恐怖心と嫌悪感から母親以外の女性に触れなくなり、エリオットはこの騒動の元凶である女性自体が、極度に苦手になっていった。

そして社交界では一見人当たりのいいオリバーよりも、元々無表情でキツイ物言いをしがちなエリオットの方が堅物の女嫌いとして名を馳せることになった。

母親が儚くなったのは性病事件から一年後である。共に穏やかな気性だった両親は、政略結婚ではあったものの関係はとても良好だったように見えた。しかし、父と息子二人は貴族の家族らしく一定の距離を感じるものだった。唯一女性で触れられた母親がいなくなり、オリバーの信頼できる者はもうエリオットしかいなかった。

オリバーは、性病になった事を世間に知られるのを恐れて、夫人に抗議する事はなかった。

結局オリバーは閨指南を受けていない事になっているので、するつもりもないが今のところ結婚が出来ない。対してエリオットは実際には閨指南を受けていないが結婚出来る。

エリオットはこのままでは結婚出来ないオリバーに気を遣って、これまでも何度か指南を受講する提案をしていた。今回のアンネの指南も監督ついでに受講してはどうかとエリオットから言われていたのだが、オリバーは頑として行こうとしなかった。

オリバーは、本当だったらエリオットにも行って欲しくなかった。オリバーが止めるのも聞かず、アンネを案じたエリオットが勝手に授業に参加してしまったのである。

オリバーは、将来エリオットの子供がもし多く出来たら、一人を養子にしてその子に自分の爵位を継(つ)がせるつもりでいた。そして自分達の跡を継がせるなら、子供の母親となる女性は完璧でないとだめだと考えていた。

美人なのは大前提で、知的で嫋(たお)やかで穏やかで優しくて清廉で自分の意見をちゃんと持っていてそれでいて差し出がましくなくて図々しくなくて実家はそれなりの爵位があって……。

残念ながらアンネはどれにもあまり当てはまっていなかった。

アンネの授業についてオリバーへある程度相談を終えると、エリオットは夕食もそこそこにすぐに部屋へ籠もった。オリバーに色々詮索(せんさく)されるのが煩(わずら)わしかったからだ。

エリオット・グランドール（二十九）童貞(どうてい)のリビドーは、アンネによって強制的に目覚めさせられていた。

月あかりが入る部屋は、あかりをつけずともそれなりに明るい。無駄な物は一切置いておらず、ここに他人を入れる事はないので高価な調度品も置いていない。いつもは清々(すがすが)しいはずの空間だが、今日はなんだか寒々しく感じる。

大きめのベッドの端(はし)に座り、長いため息を吐きながらエリオットは今日の授業の事を思い出していた。

初日だった昨日に比べると幾分(いくぶん)緊張が解れたのか、今日は和やかな雰囲気だった。復習から始まり、昨日のピリついた空気の中では聞けなかったであろう質問もちらほら出ていた。

様子が変わったのは、体位について質問が集中したところからだった。

「先生、この書いてある騎乗位というのはどういうものですか？」やら「屈曲位は？」とか「対面座位って？」等。しまいには「先生オススメの体位は？」と来たもんだ。最後の質問など貴族的な回りくどい言い方で隠してたが、つまりはそういう質問だった。

（エロガキ共め……）

アンネは最初口と絵で説明しようとしていたが、時間がかかると判断したようだ。体位は授業の最後にまとめて説明すると約束して、他の内容を進めていった。

そしていよいよ授業も終盤(しゅうばん)近くなった。後ろから見ているとよくわかるが、皆浮ついた空気を出している。きっとどんな風にアンネが体位を教えてくれるのか楽しみなんだろう。

普段戒律(かいりつ)に厳しい学園に通い、息苦しい貴族間での社交を学び、家も安らげる場所とは限らない。そんな時にこんな破天荒な授業をされたら、そりゃ楽しいに決まっている。

「では騎乗位と屈曲位、対面座位や他の変わった体位でしたね」

アンネが困ったように斜め上に視線を遣(や)りながら、口元に手を当てて逡巡(しゅんじゅん)している。

両眉が下がり気味になり少し寄る事で、目元のホクロがより婀娜(あだ)っぽく見える。

（彼女の困り顔をもっと見ていたい）

アンネは考え事をする時の癖(くせ)なのか、指で唇(くちびる)をなぞるのが見える。

(なんて柔らかそうな……)

などと紳士にあるまじき不埒な事を考えていた矢先に、バチッとアンネと目があう。視姦に近い事をしていた罪悪感で、思わず狼狽えた。

アンネの先程のような蠱惑的な雰囲気はなりを潜めて、瞳をキラキラと輝かせ、いかにも「いい事思いついた！」という顔をしている。

自分が言うのもなんだが、貴族は考えている事が顔に出ないのが美徳とされており、こんなにくるくる表情を変えるのは褒められた事ではない。そんな事を考えていると、アンネからとんでもない依頼をされた。

「すみません、エリオット様。助手として是非お手伝い頂けませんか？　体位は一人では再現し辛くて…」

(さ、再現!?　ここで？　……いやいや。決してここじゃなかったらいいとかいうわけではなくて……)

エリオットの心の中は大混乱だった。頭が回らなかったので、取りあえず拒否の姿勢を示す。しかしここでエリオットが固辞し続けた場合、この奇天烈女は殿下や側近達相手に再現してしまうかもしれない。それこそ恐れていた不敬罪……にはこの雰囲気ではならないかもしれない。

(……でも、何か嫌だ)

一度断ってしまったからやっぱりやるとも言えず、どうしようかと思っていたところで殿下と目があった。

王家特有の見事な金髪に鮮やかな碧眼で、青年になりかけの危うさの中にすでに為政者（いせいしゃ）としての威厳も見える。そんな彼は『これは貸しだぞ』と言わんばかりに、目を細めて言った。

「グランドール卿、私も是非見てみたい。私の顔に免じてアンネの助手として我等に教示願えないだろうか」

それを聞いたエリオットの口は、自然と動いていた。

「…………御意のままに」

その後の事は正直あまり覚えていない。

アンネが自分に跨がって来た時に、フワッと鼻をくすぐるとても良い匂いがしたという事と、両足を上げさせられアンネの下半身が自分のそれと少しくっついた事と、アンネのオススメ体位が『まつばくずし』という事くらいしか……。

皆が帰るか帰らないかくらいの時に、一人の生徒がアンネに近づいていった。

（……あれは、王宮文官長バグリード伯爵（はくしゃく）の息子だな。確か名はシモンズだった）

クルクルとした褐色（かっしょく）の髪に白磁（はくじ）のような肌。青年というよりは、まだ少年という面差しだ。美少年というにふさわしい整った顔立ちである。

「先生……僕には政略で既に決められた相手がいるのですが、あまり関係が上手くいっていなくて……父も母が亡くなりその後第二夫人を娶ったのですが、今は冷え切った関係になっているのです。そこでポラリスの愛女神プリメリーニアのような先生に、是非父と共に改めてご指南いただきたいのですが」

愛女神プリメリーニアの意味は〝愛欲〟〝情熱〟〝道ならぬ関係〟。

つまりは父と息子とでアンネを愛人として囲いたいと誘いをかけているのだ。可愛い顔をして言ってる事はえげつない。

皆が帰る足を止めて、面白そうに事の成り行きを見守っている。もしこの提案をアンネが引き受けたなら自分達もと思っているのだろう。心がざわつくのを感じたが、ここでエリオットがしゃしゃり出て行っても角が立つだけだ。どうやり過ごすか考えていると、アンネが口を開いた。

「まぁ。バグリード様には、既に婚約者がいらっしゃるのね！　……では、私がとっておきをお教えしますね」

心底うっとりとした様子でアンネは語る。

「私の好きな東国の言葉に『言霊』というのがございます。この国の殿方は意外と口下手と言いますか、言葉足らずな方が多い気がするんですよね。言霊とは言葉に宿ると言われてる魔力を言いまして、願いを声に出す事で望みを引き付ける物らしいです」

シモンズは自身が思っていた反応とアンネの行動がだいぶ違っていたのか固まっている。

エリオットはこの感覚に覚えがあった。アンネは絶対に意味をわかっていない。

貴族の男女の会話で『愛女神プリメリーニア』が出てきたら、愛人と言う意味なのだ。

「まずは、お相手の方に会った時に必ず『好きだ』『愛している』『僕には君だけだ』と言葉に出して言ってみてください。毎回ですよ？　お父様にも奥様にそう言うようにお伝えください。絶対上手くいきますわ」

　ニコニコと他意なく見当違いな事を言われ、シモンズは二の句が継げない。言いたい事を言い切ったアンネはシモンズの耳元に口を寄せ囁くように「結果がどうだったか、ぜひ教えてくださいね」と言ってエリオットの横を通り過ぎて行った。

（あぁ、この娘が欲しい）

　本当に言霊と言うのが存在するのなら、エリオットは大声に出して言いたかった。


　アンネは王宮内の私室で明日の授業の準備をしながら、今日の事を振り返っていた。

　アンネに対してあれくらいの世辞が言えるなら、シモンズの婚約者との憂いもすぐに杞憂へと変わるだろう。したり顔で言霊について語った甲斐もあるというものだ。

　愛女神プリメリーニアは、ポラリス神話の中でもかなり美人で人気のある女神だ。フリードが持っていた小説にもこの女神はやたらと出てきて、ダンスを踊っている描写がよくあった。

　アンネは単純に『女神のように美人ですね』と遠回しに言われたと考えていた。この女神は、毎回違う男神とダンスを踊り続けるとどの小説にも書かれている。真の意味はお察しである。


　三日目の授業も順調に終えて、アンネは用意されている客室までの道のりを歩いていた。

（まさか、昨日の夜に月の障りが来てしまうなんて。予定ではもう少し先だったのに……）

　人前で講義を行うという慣れない事をしているストレスから周期がズレてしまったのだろうか。

しかも、今回はいつになく下腹部がしくしくと痛む。講義の時のように立ったままで動かなければ痛みもそこまでないのだが、歩くと辛い。しかし、王城の廊下で無様(ぶざま)にへたり込むわけにはいかない。アンネは気力を振り絞り、足取り重く、広く長い廊下を歩いていた。

「大丈夫か？」

不意に後ろからエリオットの声が聞こえた。彼の表情は相も変わらず無表情だが、その瞳にはアンネを気遣う様子が窺(うかが)える。昨日、体位の再現を手伝ってくれたのもあり、アンネの中でエリオットの印象が変わりつつあった。

「あ、はい。私は大丈夫です……エリオット様こそ、どうかなさいましたか？」

「いや。その……講義中の君を見ていて、あまり具合が良くなさそうだったので……」

心配して追って来てくれたのだろうか。エリオットは照れているのか、アンネから視線を逸(そ)らせ俯き加減で答え、最後の言葉は尻(しり)すぼみになっていた。エリオットの不器用にこちらを気遣う様子が、アンネの心の柔らかい所に響く。自分が弱っている時に優しくされると、泣きたくなるほど嬉しい。

「エリオット様、お気遣いくださり本当にありがとうございます。でも、私のこれは病気ではないので……えーと。ほら、先程講義でお話しした月に一度来る、女性特有のアレなので」

エリオットは合点(がてん)がいったのか、納得したようだ。

「ゆっくり歩いていけば辿(たど)り着けますし、お部屋に着きさえすればカーラが世話をしてくれるので、大丈夫ですよ」

アンネがまたヨタヨタと歩こうとした瞬間、大きくブカブカの上着がガボッと肩から掛けられた。

「!?」

突然の重みにバランスを崩しそうになったが、肩を強めに抱えられて転ぶ事はなかった。何の前触れなく掛けられたエリオットの上着と肩を抱かれている事に、アンネは戸惑う。

「失礼」

エリオットのテノールボイスが耳朶に響き、ふわりと横抱きに抱えられた。あまりの出来事に目を丸くしていると、長い脚だけあり、すごい歩幅でエリオットがアンネを抱えたままスタスタと廊下を歩いてゆく。

「え、エリオット様!? 私、重いです! 降ろしてくださいませ!」

「君一人抱えられないようでは、紳士として恥だ。体を冷やすと辛いだろうから、きちんと上着を掛けておきなさい。落としたら大変だから、暴れないように」

エリオットの有無を言わせぬ言葉に面食らいながらも、彼の耳が真っ赤になっているのを見て、心の中に温かいものが流れた。その後は無事に部屋へと辿り着き、カーラへと引き渡された。上着を返して再度お礼を伝えたが「気にするな」の一言だけ告げて、エリオットは去って行った。

二章　良くも悪くも広まる噂

こうして順調（？）に授業は進んでいき、残るは最後の日にアンネも知らないうちに企画されていた、課外学習のみになった。当初の予定では、課外学習など想定していなかった。しかし予定よりも皆が積極的に予習し、最早指南五日目には教える事はなくなっていた。

実技ありの閨教育で課外授業となると、最早そう言うプレイの一環としか思えない。だがアンネの授業はあくまで実技なしである。そんな彼らの課外授業とは。

夜も更けた頃。

王城から家名の付いていない三台の黒塗りの馬車が、王都内にある高級歓楽街へと出発した。

高級歓楽街までは、馬車で行けば半刻もかからない場所にある。ここは基本貴族専門の店であり、平民は利用を制限されている。ここ来たさに爵位を金で買う人もいると言う。

この課外授業に関しては、完全に任意だった。

授業自体は既に昨日の時点で終了しており、こんな夜更けに大事な子息達を連れ回すのもどうかと思うのだが、かなり乗り気で全員参加を表明した。ウィルがよく許可したなと不思議に思う。

そんなわけでアンネは、レイフォードとエリオットと三人一緒の馬車に乗って移動していた。

最初レイフォードはアンネとのみ馬車に乗り込もうとしていたが、エリオットに「未亡人とはいえ、女性と二人きりで馬車に乗るなど、殿下のためにもよくありません」と言って、すかさず彼も同じ馬車に乗り込んできたのだった。

　家名こそ付いていないが、一目で貴人が乗っているとわかる三台の馬車は、歓楽街の中でもさらに奥まった場所の、一際眩しい区画へと入っていった。

「あの……畏れながら殿下。本日の引率は、私必要ありましたでしょうか？」

　ここ数日で、レイフォードとはだいぶ話せるようになっていた。今日の引率は場所が場所だけに、エリオットだけでよかったのでは……とアンネは不安になる。

「可愛い生徒が卒業だと言うのに、教師が立ち会わなくてどうする。ダミアンにはこの前『僭越ながら、私が初めてを見守らせて頂きます』と言っていたではないか」

　レイフォードは最初の頃にあった硬さが抜け、気安い調子でアンネと会話する。

「あれは……半分、冗談といいますか」

「それに、今日この娼館の見学が許されたのもアンネの同伴が条件だったのだ。来て貰わねば困る」

　予想外な事を言われて、アンネは目をパチパチさせた。

「……私が行くのが条件、ですか？」

「娼館見学への渡りをつけてもらった奴が言うには『アンネ嬢を連れて来てくれるなら、一時間貸し切りで』と言われたそうだ」

（私が行く事によって、破格の待遇になるとか……はっ！　まさか売られるとかないよね？）

一瞬不安が過ったが、十六歳で成人のこの世界で、四捨五入すれば三十路の自分に、売れるだけの価値はないかもしれないと思い直した。

「それに今回は見学だけだ。流石のアンネも本当に生徒の卒業に立ち会いたくはないだろう？」

この麗しい王太子は実に楽しそうだ。

女性がこの辺をウロウロすると娼婦と間違えられるため、黒い目元だけを覆う仮面を付けるのが一般的らしい。この区画には男娼館もあり、若い燕を品定めに来る貴族女性も少なくないという。

性産業盛んな世界から転生しているアンネにとっては『まぁ、世界は広い。こんな場所もあるのだろう』と思っていたので、特段思うところはなかった。


エリオットは嫌々ながらも好奇心に負けて、今まで来た事のない高級歓楽街の様子を必死に馬車内から覗こうとしているアンネを見ていた。エリオットはこの課外授業だけでも辟易しているのだが、さらに彼を悩ませる問題が思わぬ所から勃発した事に対して頭を痛めていた。

これよりも数時間前のグランドール侯爵家でのことである。

すでに様々な所で事態は動き出していた。貴族間の噂は風のように速い。殊に醜聞には敏感である。

アンネが丹精込めて作った閨指南用の今回の教科書は、まだ配ってから一週間足らずにもかかわらず写本されまくり、貴族内でちょっとしたセンセーションを巻き起こしていた。

教科書の内容に誰もが度肝（どぎも）を抜かれ、男達は皆一度も会った事のないアンネに想いを馳（は）せ、胸と股間を熱くさせた。

それを知った女達は、アンネをとんでもなくはしたない恥知らずと軽蔑（けいべつ）し、お茶会などで今回の閨授業について悉（ことごと）く馬鹿にしていた。

しかし、一部の女性からは意外にも一定の支持を集めたのである。

「こんな本を同じ女性が作るなんて」と半（なか）ば尊敬に近い感情があったのと、教科書を元に自身の夫と熱い夜を過ごした婦人が数多くいたためだった。

最早アンネは男性だけではなく女性からも良くも悪くも「今一番ホットな有名人」となっていたのだ。そして、アンネに実際に会った事のある人が極端に少ないのも、話題性を高めている要因（よういん）の一つだった。

そのしわ寄せは、グランドール侯爵家へと向かっていったのである。

「……普通の夜会から、いかがわしい仮面舞踏会の招待状まで、毎日毎日何なんだ、煩（わずら）わしい」

オリバーは、一人悪態（あくたい）をつきながら手紙を仕分けしていた。

自分達の家格よりも低い、益（えき）にもならない招待状に欠席の返事をし、行かなくては角（かど）が立つものには出席の返事を書いていく。

そうして仕分けをし終わり、断れない招待状を見ると、漏（も）れなく『アンネを必ず連れて来るように』とポラリスの女神の表現を使って指定してくるのだから、実に厄介（やっかい）だ。

『愛人』はもちろん『第二夫人に望む』や、中には『一夜だけでも』と言う内容まであった。

オリバー的には正直行ってもらって全然構わないのだが、あくまでアンネの後見人はエリオットである。

オリバーが初めてアンネの存在を知ったのは母が亡くなった二年後、父の再婚話が持ち上がった時だった。

重症の自分はともかく、エリオットの女嫌いは何年か経てば、少しは良くなると思っていた。しかし、エリオットの女嫌いは一向に良くならなかったのだ。

元来の愛想のなさにも拍車がかかり、エリオットに寄ってくるのは次期侯爵という肩書や、領地収入目当ての女ばかりだった。

オリバーは父の再婚話を聞いた時「もしその女性が兄の婚約者として相応しかったらどうしてくれるんだ！」とフリードに対し憤慨していた。しかし、アンネの素性を調べた結果一気にどうでもよくなり、すっかり忘れていった。

アンネの存在を思い出したのは、フリードが亡くなった時だった。

初めて直に見た義母は自分達兄弟よりも若いはずだが、何故かとても年上のような不思議な雰囲気を纏っていた。父と長い間一緒だったたからかと納得したが、問題はそこではなかった。エリオットが、アンネの事を憎からず思っている事に気付いたからだ。

エリオットは一見無口で冷たい印象に隠されているが両親の気質を受け継いでおり、意外と穏やかでそしてかなり抜けている性格でもあった。一方でフリードの粘着気質もしっかり遺伝しており、一度ハマるととことん突き詰めるしつこい性格でもある。

幼い時は完璧だと思っていた兄のそんな一面を、オリバーは家族として愛していた。

しかし今は、そのしつこさが非常に邪魔に感じていた。そもそも財産分与の時、とうに成人済みであるアンネに対してエリオットが後見人になる必要はなかったのだ。

父の晩年に付き添ってもらったので、別邸とこの先困らない分だけの遺産があれば、それ以上何もする義理はなかったはずなのだ。

そんな事を思い返していると、俄かに下の階が騒がしくなり、珍しく慌てた様子でクロウが執務室に入ってきた。どうやら領地内の穀物地帯と街を繋ぐ橋が、一昨日の大雨のせいで崩落したらしい。

そこは領地収益を支えてくれている重大な拠点であり、早めに対処しないと今後に確実に響いてくる。オリバーは度重なる厄介事にため息を吐っき、ひとまず兄の帰りを待ち初動をどうするか相談する事にした。


所用が終わり、邸へと帰って来た時の使用人達のざわつき具合で、エリオットは何かよくない事が起こったのだな、と瞬時に悟った。

いつもはエリオットを出迎えてくれるクロウの姿もない事から、足早に執務室へと向かう。

案の定、執務室内には沈痛な面持ちのオリバーとクロウがいた。

「兄さん、オートルへ続く橋が崩落したらしい。今は収穫時期ではないし、そこまで事態は逼迫してないみたいだけど修復は急いだほうがいい。僕が指揮を執りに行ってもいいけど……どうする？」

エリオットは届いた書状に目をやりながら、どう動くのが最善か様々な状況をシミュレートしていく。

「……いや、これは領主である俺が行った方がいいだろう。この『逼迫していない』というのもどこまで事実か、この目で見ないとわからないからな」

今日の夜はふざけた課外授業が控えているし、日もそろそろ暮れるためどちらにしても動けるのは明日の朝からだ。現場に行って指揮を執るとなると帰れるのは早くても一週間か、深刻さによってはもっとかかる可能性もある。その事を考えていると、オリバーからさらに頭の痛くなる夜会の招待状の話があった。

（そういえば、そうだった……）

今アンネは王城に留まっているが、三日後には領地に戻ってくるはずだ。本来は、彼女の自宅である別邸にそのまま帰す予定だったのだが、彼女同伴での夜会の招待が後をたたない。どうしても断れないものもあり、落ち着くまでは本邸で過ごしてもらうはずだった。しかしエスコート役のエリオットが今いなくなると、必然的にオリバーに負担がかかってくる。

それでも橋の修復は使者としてオリバーを行かせるよりも、領主である自分が行った方が現場の志気もあがり、状況を聞くのも都合がいいだろう。

（しかし……しかし……）

オリバーがアンネを疎ましく思っているのは、ここ数日で薄々勘づいていた。オリバーの過去の事もあり、この邸に来ても極力二人っきりにするつもりはなかったのだが、早々にこんな事態になり、今は頭どころか胃も痛い。そんな兄を見兼ねて、オリバーはため息を吐いた。

「こんな時まで、あの女を優先するならどうしようかと思ってたけど……取りあえず、直近の夜会のエスコートは僕がやるよ。ただし、主催に挨拶をしてなるべくすぐに帰るから。あの人にもそう言っておいて欲しい」

「いや、しかし……」

言い淀むエリオットに畳み掛けるように、オリバーは言葉を続けた。

「あとベタベタ触られるのは不愉快だから、それも伝えて。必要なら、僕の過去の事も話していいから」

(あのアンネが、不必要にベタベタ触るのは想像出来ないが……)

そんな事より、オリバーが過去を話していいと言った事に対してエリオットは驚いた。

「だが……いいのか?」

「いいよ。兄さんがいない間に、僕に擦り寄って来られたら堪らないし」

エリオットはそれは多分ないと思いつつ、今日の課外授業の後にでもアンネに話そうと思ったのだった。

エリオットは馬車に揺られながら、つい先刻のオリバーとのやり取りを思い出して眉間に深い皺を刻んでいた。

（それにしても誰だ。課外授業と銘打って、娼館に行くと言いだしたのは……）

そろそろ目当ての場所に着く頃になり、アンネは手渡されていた目元を覆う黒い仮面を着けていた。薄造りで蔓科の花をモチーフにしている透け感のある洒落たもので、アンネにとても似合っていた。背筋を伸ばしてシャンと座っている彼女と、その妙に蠱惑的な仮面がアンバランスで惹きつけられる。

十代の女性にはない落ち着いた雰囲気で、自分にはもちろんレイフォードにも媚びる様子もない。こんな様子では、当然オリバーに言い寄ることすらないだろう。

先日、辛そうに廊下を歩く彼女を見ているのが可哀相で、つい勢いで横抱きに抱え上げてしまった事を思い出す。思っていた以上に華奢な身体は、力加減を間違えば壊してしまいそうで怖かった。同時に、アンネの女性らしい柔らかな身体を必要以上に堪能してしまいそうになるのを、自身の鋼の精神力で抑え込んでいた。

アンネを部屋へと送り届けた後に、自分の上着からフワリとアンネのいい香りがして来るものだから、側にいないにもかかわらず自分を翻弄してくる彼女に対して逆恨みにも似た気持ちで帰路についた。

上着の香りからついついアンネのあの華奢な体を連想してしまい、健全な男故に否応もなく訪れる昂りを、その夜自分自身で慰めた事は、墓場まで持っていくべき重大な秘密となった。

馬車内という狭い空間で再びアンネの甘やかな匂いに包まれうっかりその事を思い出してしまい、

今尚その香りに酔いつつある自分は、かなり重症だなとエリオットは嘆息した。

エリオットの苦悶など知る由もなく、アンネは馬車の中から外の様子を窺おうとしていた。しかし、この馬車は設計上窓が小さく作られているため、正直あまりよく見えない。来る途中に辛うじて見えた景色は、いかにもいかがわしい店だったり、そのすぐ隣が花屋だったりでまるでごった煮のような区画だった。そしてさらに奥にその屋敷はあり、アンネは思わず感嘆の息を漏らした。

夜とは思えない程の眩しい照明で照らされ、白蠟のような壁で左右対称に入り口を構える美しい巨大な建物だった。生徒達もそれぞれ馬車を降り、圧倒されている者、慣れた様子の者反応は様々だ。

レイフォードは皆が降りたのを見計らって話し出す。

「左側は男娼館、右側が高級娼館だ。今回はシステムの説明を受けるだけで、一時間の貸し切りになっている。今日は見学のみだが、たまの息抜きだと思って皆楽しむといい」

(何か、この世界の十五歳ってすごいな……)

アンネは発言が大人過ぎる生徒に圧倒され、遠い目をした。

王太子を筆頭に、豪奢な扉を潜るとそこはさまざまな〝花〟が傅く、まさに桃源郷だった。

ロビーには金、銀、赤毛、ブルネット、漆黒などさまざまな髪色を持つ年若い娘達が、貴族令嬢と見紛うほどの美しいカーテシーで出迎え、煌びやかで露出度の高めのドレス、決して安物ではないであろう芳しいお香の薫りが鼻をくすぐった。

年若い娘達の奥側に、黒い執事服を着た男達と六十代ほどの女性も、同じく最敬礼で迎えている。

「今夜は無理を言って、一時間空けてもらってすまなかった。この中には馴染みになるものもいるだろうから、未来への投資だと思って勘弁してほしい」

「畏れながら、次期国王陛下と側近の方々を接待出来るなど、光栄の極みでございます」

六十代の女性が朗々と礼を言った。アンネは何となくこの人が遣り手婆なのだろうと判断した。

数いる娼婦達の中で、一際目を引く美しい女性が進み出てレイフォードに対して最敬礼し、言葉を紡ぐ。

「今宵は月夜女神プレジエールの館へ、ようこそおいでくださいました。ほんの一時間という僅かばかりの時間ではございますが、どうぞよろしくお願いいたします」

零れんばかりの素晴らしい胸に細い腰、滑らかな肌は張りがあり瑞々しく唇は桜桃のようだ。女神とはまさに彼女の事だろう。鈴を転がすような美しい声だった。

「この娘は、プレジエールで今一番人気のマリールイーズでございます。是非、ご贔屓に」

「ああ、こちらもアンネ夫人を紹介しよう。アンネ、こちらへ来い」

（ああ、ついにこの時が……）

アンネは緊張の面持ちで黒い仮面を外し、深いカーテシーで挨拶をした。アンネ的には仮面を外したのは、体育会系によくある帽子を取って挨拶的なノリで、なんとなく礼儀的に外した方がいいような気がしたからだった。

「ご紹介に与りました、アンネでございます。本日は私の生徒達のために、格別のご高配を賜りお礼申し上げます。生徒ともども、何卒(なにとぞ)ご指導ご鞭撻(べんたつ)のほどよろしくお願いします」

　アンネはビジネスシーンでも使える中々いい感じの挨拶が出来た事に安堵(あんど)していた。礼を解(と)き、視線を上げるまでは。

（あれ……何か、めっちゃみんな見てる）

　生徒もそうだが、娼婦達も遣り手婆も固まっている。エリオットに至っては目頭を押さえ俯(うつむ)いて深いため息を吐いていた。これは後で、お説教タイムが待っていそうだ。

　沈黙を破り、吹き出したのは遣り手婆だった。

「ははっ、あんな本を書く娘などどんな子かと思っていたが……ふっふふ……アンネ様にはご指導頂きたいと思っていましたよ。嬢達にも良い刺激になるでしょう」

　今の挨拶が、何かまずかったと言うのはよく分かった。娼婦達向けに自己紹介をする時の正解を、エリオットにでも聞いておけばよかったといまさら後悔した。

「後、この場で仮面を外すのは娼婦のみですよ……ここで働きますか？　貴女(あなた)ならいつでも歓迎しますよ」

　遣り手婆は楽しそうに話す。それを聞いたアンネは焦(あせ)りながらブンブンと横に顔を振り、拒否を示しながらそそくさと仮面を着け直したのだった。

　アンネとエリオット以外はそれぞれ嬢達が付き、館内の案内に向かった。アンネは慣れない自己紹介でカラカラになった喉(のど)を、振舞(ふるま)われた果実酒で潤(うるお)している。流石に、娼館まで来て自分に付き合わせるのは申しわけないので、エリオットに嬢達を付けてもらい説明を受けてこなくていいのか聞いたが「俺はいい」と不機嫌に返されてしまった。

そして何故かアンネのそばには、先ほど紹介されたマリールイーズがいた。彼女はにこにこしながら、アンネの隣に陣取っている。

「……あの、マリールイーズ様は殿下の案内に付かなくてもよろしいのですか？」

「はい、殿下は既にいらっしゃった事がございますし。たまには違う花を愛でた方がよろしいでしょう」

「そ……そうですか」

正直何を話そうかと考えていると、彼女が覗き込むようにアンネを見ているのに気付いた。

「……アンネ先生、私の事覚えてる？」

予想外の事を聞かれ、改めてまじまじと彼女の顔を見る。まるで、悪戯が成功したような得意げな顔でマリールイーズが笑う。アンネは、その笑顔に見覚えがあった。

五年ほど前まで救済院で預かっていた女の子。その時から造作のとても整った娘だと思っていた。熱心に勉強に励み、皆のお姉さんとして救済院を盛り立ててくれていた。

「え、もしかして……イルゼ？」

「はい、先生。お久しぶりでございます」

イルゼはその後、母親を名乗る女性が引き取りに来たと聞いていた。

（どこかで、幸せに暮らしてるものだとばかり……）

おめでたい自分の思い込みに、吐き気がする。

「先生、そんな顔しないで。あそこで読み書きや計算、マナーを一通り学べていたから今、ここで働けているの。本当だったらもっと扱いの酷(ひど)い娼館行きだったのよ？　私が売られたのは十四歳の時だったから。ここにくるには、本当だったら遅くても十二歳くらいから奉公に出て教養を身につけないといけないの」

アンネの複雑な表情を読み取って、イルゼは微笑(ほほえ)みながら言ってくれた。

引き取ってすぐに自分の事を売った母親の恨みを語るでもなく、笑顔を向けるイルゼに堪らなくなってアンネは彼女を抱きしめた。イルゼは少し驚いた後に、軽く笑った。肩が微(かす)かに震えていたから、泣いているのかもしれない。

「お客様から教科書を見せてもらった時に、これを作ったのがアンネという人だって聞いて先生だと思ったの。ずっとお礼が言いたくて……勉強教えてくれてありがとう……あとね、貴族の女性が汚い娼婦を抱きしめてはいけないわ」

アンネは涙をボロボロ流し、しゃくりあげながらさらにぎゅっとイルゼを強く抱きしめた。

「夫が死んだから……私は平民よ。あと、どんな仕事をしてても人は汚れたりしないわ。イルゼは、とても綺麗(きれい)よ」

「ふふっ、そんな事を言うのは先生だけね。昔から若い癖(くせ)にお母さんみたい」

イルゼは嬉(うれ)しそうに笑って泣いていた。

互いにひとしきり泣いた後、手を取り見つめ合う。アンネの顔は見るも無残だが、目の前のイルゼは顔をバラ色に紅潮(こうちょう)させ、潤んだ瞳がとても美しい。

「先生、学校……作るんでしょ？　応援してるから」

イルゼはアンネの目元を、優しくハンカチで拭ってくれた。

「うん。……がんばる」

正確にはこの件で頑張るのはウィルなのだが、そこは黙っておいた。

「でも先生、ママに気に入られたからまた会えそうだね、嬉しい」

「絶対に、また来るから……」

アンネのその言葉を聞いて、にこりと蕾が綻ぶように笑い「じゃあ、そろそろ行くね」と言って、イルゼはマリールイーズの顔をして奥に去って行った。

その背中を見送ってぐすぐす泣いていると、肩に手が置かれグッと軽く引かれた後、背中に体温を感じた。横を見るとすっかり存在を忘れていたが、エリオットがいた。あの体位の再現と一昨日の出来事で、アンネの彼への評価はグングンとうなぎ上りで『かなり苦手』から『無愛想だけどめっちゃいい奴』へと上方修正されていた。

今も、不器用なエリオットなりに慰めてくれようとしているのだろう。

「エリオット様……」

「な、何だ。いやっ！　これは泣いてる女性を放っておくと、紳士失格であるから、特に深い意味は」

「……すみません。ハンカチ、貸してください」

「……」

アンネは今日に限ってハンカチを持ってくるのを忘れていた。決していつもではない。常のエリオットならここで「君は常識どころか、ハンカチも持ち合わせてないのか」と怒る所なのだが、彼は無言でハンカチをアンネに渡した。

お礼を言った時に見たエリオットの顔は、呆れたような雰囲気だったが、思った以上に優しい目をしていて、アンネは少しドギマギしてしまったのだった。

そんな事をしていると、一時間などあっという間に過ぎ去り、帰る時間となった。

アンネの目は泣き過ぎて、今やパンパンに腫れている。仮面を着ける決まりがあって、本当に良かった。プレジエールから出て、馬車の乗合所まで距離が少しあるため、歩く。レイフォードは学友と一緒に乗って帰るとの事だったので、先に行ってしまった。なので、今はエリオットとアンネの二人だけだ。レイフォード達はきっと、今日の嬢達についての話で盛り上がるのだろう。

「……体調は、もういいのか？」

「あ、はい！　一昨日は本当にありがとうございました。お気遣いに感謝致します」

アンネはニコリとエリオットに微笑みかけた。エリオットは「そうか」とだけ言って少し歩調が速くなった。恐らく照れて赤くなった顔を見られたくないのだろうと思うと、大変微笑ましい。

アンネとエリオットが並んで暫く歩いていると、隣の男娼館から甲高い女性の笑い声と共に、複数の男女がまろび出るかのように出てくるのが見えた。向こうもこちらに気づいたようで、馬車の乗降場の手前で悠々と待つ姿勢だ。

隣にいたエリオットが、一行を視認した途端に警戒する素振りをした。アンネを守るように軽く後ろへと追いやり、一気に緊張が高まる。

（あれは……）

でかいエリオットに阻まれているのと、女性が黒い仮面を着けているのでよくわからないが、どうやら去年まで閨の教師を一手に引き受けていたバードリー侯爵夫人と、その取り巻きの女性数人＋若い男性数人のようだ。

アンネ自身も、バードリー夫人を見たのは社交界デビューした日の一日だけだったので、確信は持てない。遠目から見ていて、そこの一角がすごく華やかで妖しさも含んでいたため、印象的だったのだ。

エリオットがアンネを守るように、自ら進んで前に出て挨拶を受けた。

「エリオット様、お久しぶりでございますわ。いつもお話ししたくてもすぐいなくなってしまうのですもの。まるで儚いラルゥのよう」

「……貴女と接する事で、時の女神ルーファルシアに嫉妬されては敵わん」

（で、でた――!!）

これぞこの国の貴族の会話。わけのわからない言い回し、揶揄、嫌み、純粋な褒め言葉。ポラリスの神々に擬えたり、敢えて意味を逆転させたりするため、難しすぎて付いていけない。最近のエリオットは、アンネと話す時は貴族的な表現をするのをやめてくれていて、かなり話しやすかった。

「まぁ、あんまりですわね。あんなに貴方との初めての会話の時は……」

「これ以上、貴女と話す事は何もない。失礼する」

エリオットは、一行を避けて押し通ろうとするが多勢に無勢。こちらの方が分が悪い。

「……ねぇ、後ろにいらっしゃるのは噂のアンネ様でございましょう？　是非、お話しさせてください な。皆さんもアンネ様のお声、聞きたいですわよねぇ？」

後ろにいる取り巻きの方々も「えぇ！」やら「是非」と口々に言い、とても逃げられる空気ではなさそうだ。そもそも彼女達を通り抜けないと馬車に乗れないのだから。

扇子を持ちながら波打つ見事な銀髪を揺らし、仮面から覗く、闇夜でもよく見える錆色の瞳は媚びるような女を匂わせる。トロリとした視線を彷徨わせるのを見ていると、なんだか水銀みたいな人だなとアンネは思った。無邪気を装う彼女は、実年齢が不明なほど可憐に見える。

しかし平民のアンネを貴族が名指しで呼んでいるのに、無視というわけにもいかない。アンネは先ほどの果実酒がいい感じに効いているのか、だいぶ気が大きくなっていた。心地よい眠気も相まって、万能感が半端ない。

(やれやれ、この場は若者には荷が重いだろう。こういう時こそ年長者の出番だ)

アンネはエリオットの前に進み出た。一瞬エリオットから焦りを感じたが、気にしない。

「バードリー侯爵夫人、正式にご挨拶致しますのは、初めてかと存じます。アンネと申します、以後お見知りおきを」

酔っているため、少しカーテシーが不安定になってしまったが、まぁご愛嬌だろう。

「夫は既に冥府神の御許へまいりましたので、どうぞアンネと呼び捨てになさってください」

「まぁ！　どうぞ私の事も、是非レティシアと呼んでちょうだい。アンネも〝元〟とはいえ、私と同じに侯爵夫人同士なのだから、仲良くしてほしいわ」

口元に扇子を当て、左右に若い男を侍らせているさまは、まさに夜の女帝の名にふさわしい。

「貴女の事は、ここ最近の社交界じゃ知らぬものがいないほど噂になってましてよ。噂の駆け方など、まるでサルドのようだわ。今日会えたのもきっと、ファングラファールのお導きのおかげね」

歌うように紡ぐ言葉の真の意味を理解しないアンネには、ただわけのわからない事を言っている人に過ぎない。実際はかなりの嫌みと毒を含んだ話をされているのだが、アンネは知ったかぶりな顔をしながら、ときどき相槌を打っていた。

(……後で、エリオットに聞こうっと)

アンネのあまりの反応の薄さに少し苛立ったのか、夫人は目を細めてさらに話しかけてくる。

「……ところで、あのエリオット様をここまで夢中にさせるだなんて。きっと、オリバー様とも仲がよろしいのね。アンネはプリメリーニアどころか、兄妹神トラアールの加護でも受けてらっしゃるのかしら？　羨ましいですわ」

その台詞が出た瞬間周りの空気が確かに凍ったが、アンネにはさっぱりわかっていなかった。


エリオットは、最早この場を穏便に切り抜ける事は不可能だと悟った。

〝兄妹神トラアール〟は《節操なし》《近親相姦》を意味しており、この恥知らずな目の前の女は、「義母だったアンネを、エリオットとオリバーで性的に共有してるの？」と臆面もなく言ってきたのだった。

これは宣戦布告に他ならない。あまりに驚いてしまい、エリオットは怒りで目の前が赤くなった。先ほどのマリールイーズとのやり取りで、エリオットはやはりアンネは心根まで美しい人なのだと再確認した。十年前に父が急にある子爵の借金返済のカタに、自分達よりも若い女を後添いに迎えると聞いた時は耳を疑ったが、なるほど父は正しかったのだ。

貴族の堅苦しい常識に囚われず、誰にでも忌憚のない意見を述べ、博学かと思えば子供でも知っている事を知らないと言う。こちらが教えれば素直に礼を言い、変なプライドもない。見た目もそこまで悪くない。むしろ惚れてしまった自覚後なら、かなり美人に見えるから不思議だ。父にとってもかなり得難い女性だったのだろう。

プレジエール近くに馬車が置けたのは二台のみだった。レイフォード達に優先で乗ってもらったため、残るは男娼館の近くにとめてある馬車まで歩かなければならなかった。

アンネのその後の体調も気になっていたので確認すると、大層可愛らしく笑むものだから年甲斐もなく妙に照れてしまい、ついつい歩調を速めてしまった。そんなやり取りの後に「そう言えばアンネにオリバーの件を話さなければ」と思った瞬間、男娼館の扉が開き耳障りな甲高い笑い声と、男女が睦み合っているかのような不快な話し声が聞こえてきた。その人物は、エリオットが何年も接触を避けている人物だった。

(オリバーの過去の事を考えているとこれだ……)

向こうの方が馬車の乗降場から近いため、歩いて行くこちらを待っているつもりらしい。アンネと少し一緒に歩けると浮かれていた自分が憎い。波打つ銀髪をゆるく結い上げ、両手に今買ってきたであろう若い男を侍らせているのを見ると、先ほどのアンネ達のやり取りが汚されるようで嫌だった。

「エリオット様、お久しぶりでございますわ。いつもお話ししたくてもすぐいなくなってしまうのですもの。まるで儚いラルゥのよう」

避けているとわかっていると暗(あん)に言ってきた。

「……貴女と接する事で時の女神ルーファルシアに嫉妬されては敵わん」

貴女と関わるのは時間の無駄だと返す。

思えばこんなやりとりも久々だ。アンネと話す時は、こんな事を言ってもさっぱり伝わらないとわかっているので、最近はなるべく使わないようにしていた。

思わず使ってしまっても、アンネも最近は「その意味って何ですか？」と聞いてくるようになっていた。

「まぁ、あんまりですわね。あんなに貴方との初めての会話の時は……」

これには呆れた。アンネの反応が見たいのか、エリオット（正確にはオリバー）との指南の話をしようとしたのだから。女性が近くにいる時に閨指南の話をする事は御法度(ごはっと)中の御法度だ。

エリオットがあまりにも相手にしないので、狙いが真の標的へと移った。

「……ねぇ、後ろにいらっしゃるのはアンネ様でございましょう？　是非、お話しさせてくださいな。皆さんもアンネ様のお声、聞きたいですわよねぇ？」

後ろにいる取り巻き連中も「えぇ！」やら「是非」と口々に言いアンネを引っ張り出そうとする。

エリオットが後見人になっているとは言え、既に彼女の身分は平民だ。常であれば貴族から名指しで呼ばれれば出て行かざるを得ないが、この場で一番身分が高いのはエリオットなので特に従う必要はなかった。

しかし、アンネはスィっとエリオットの横をすり抜け前に出た。

鼠(ねずみ)を見つけた時の猫はきっとこんな顔をするのだろうと言うくらい、嬉しそうな顔をして夫人がアンネに話しかけた。

《貴女のとんでもない醜聞が社交界で広がっている》等、色々と言っているがアンネはハテナ顔だ。むしろときどきしたり顔で頷(うなず)いている。

(このままわけのわからないままでやり過ごせれば……)

その矢先にあの夫人の言葉だ。エリオットが怒りに任せて怒鳴(どな)ろうとするより早く、アンネが口を開いた。

「ええ！　エリオット様とオリバー様は、日頃から私に心を砕(くだ)いてくださって、とても感謝しておりますの。私も頂いているだけでは申しわけないので、いつもお二人にどう尽(つ)くせば喜んで頂けるか考えておりますわ」

アンネは『兄弟間の性的共有』に肯定(こうてい)の返事を淀みなく返す。さらに、自らも積極的に参加しているかのような事までも。そこに〝羞恥心(しゅうちしん)〟や〝恥(は)じらい〟など微塵(みじん)も存在しない。そりゃそうだ。彼女は言葉のまま伝えているにすぎないのだから……

まさか、そう返ってくるとは思っていなかった夫人達も固まっている。

さらにアンネは、先ほど飲んでいた酒が効いているのか頬を紅潮させ言葉を続けた。その様子すらも相手に誤解を与えかねない。

「家族ですもの、仲良くしなければ……ね」

「っ!! それでは失礼する！」

アンネがニッコリと微笑んで言った最後の言葉を聞くや否や、エリオットは先ほどまでの怒りを忘れ、アンネを抱えるようにして素早くその場を離れ、馬車に乗り込んだのだった。

馬車に乗り込んでからのエリオットは、終始無言だった。足と腕を組み俯き加減のため、表情はわからない。彼からは話しかけるなオーラが全身から出ており、高級歓楽街から王城までの距離が永遠に感じるほどだった。

アンネは、エリオットに怒られる心当たりがあり過ぎて、あれもこれも考えていた。最近エリオットとはなんとなく打ち解けかけているなと思っていたので、彼と心の距離がまた開いてしまい残念に思った。しかし、彼がこのまま無言を貫くつもりなら以前の距離に戻るだけなので「それならそれで、まぁいいか」と結論付けたところで、無事王城へ到着したのだった。

（あー、息苦しかった！）

この空間から早く逃れたくて、さっさと降りようと取っ手に手をかけようとした瞬間。後ろからエリオットの腕が急に伸びてきて、馬車の扉にバンッと手をつき降りようとしたアンネを止めた。

「……ちょっと、ここで待ってろ」

目の前には馬車の扉で、すぐ後ろにはエリオットの体温を感じながら耳元で低く囁かれ、アンネはピシリと固まった。常の彼にはない、高位貴族に相応しい相手を従わせる声だった。

アンネが一人困惑している隙に、エリオットは脇を抜けてスルリと一人降りて、馬車の扉を閉めて鍵をかけ、どこかへ行ってしまった。

（えぇ!!　なんで？　置いてきぼり……）

念のため中からガチャガチャと取っ手を回したが、虚しく空回り、肝心の扉は閉ざされたままだ。

仕方なくしばらく待っていると、馬車のドアが開きエリオットが戻ってきた。エリオットが乗り込むと馬車はまた動き出したようだ。アンネが何か言うより先に、エリオットからこれから領地の本邸に向かう旨を告げられる。

「え……？　これから、ですか？」

もう時刻は深夜をまわっている頃だろう。お酒も入っているため、そろそろ眠たい。明日からはもう指南はないので、王城で二日くらいゆっくりしてから、別邸に帰る予定だったはずなのに。

「エリオット様……えーと、明日……では？」

「明日から俺は、朝から一週間以上邸を空ける。それじゃ遅い。俺がいない間の対策を、早急にたてないとだめだ」

ギロッと睨まれ、それ以上何も言わせてもらえる気がしない。仕方ないので邸に着くまでの間……寝る事にした。

（……信じられん。いくらなんでも、危機感がなさ過ぎる）

エリオットは自分の横でスヤスヤ寝息をたてている女を、最早珍獣を見るような目で見ていた。薄暗い馬車内で、娼館で合法の軽い催淫効果のある香を焚かれていた状態にもかかわらず、横で無防備に寝ている。

防音性に優れている馬車なのでエリオットが無体を働こうと思えば出来るのだ。それだけエリオットを信頼しきっている、もしくは全く意識していないと言うことなのだろうが。

（いくら今は平民とは言え、元は子爵令嬢だったはずだ。この常識のなさは一体……）

ガタンッと馬車が揺れて、アンネが反対側の扉にゴンッと頭をぶつけた。

一瞬「ったーい……」と言ったっきり、また寝に入っている。エリオットは仕方なく肩を貸すつもりで、もっと側に座り直し、アンネの頭をこっち側に引き寄せた。

最初は大人しく肩に乗っていた頭は、馬車の揺れでどんどんずり下がり、今や膝枕でたまにスリスリされるから堪らない。

エリオットは邸に着く頃には精神的に削られて、グッタリしていた。

アンネはエリオットに叩き起こされ、うつらうつらとしたまま本邸へ足を踏み入れた。邸の使用人は既に寝ている時間帯なので、出迎えはなさそうだ。

本邸にアンネが来た事は数えるほどしかない。エリオットは自分の上着を掛けて、視線だけでアンネに「ついて来い」と合図して、奥へとズンズン歩いて行く。

薄暗い邸を二人でしばらく歩くと、エリオットがある部屋の前で足を止めた。軽くノックをすると中から返事があり、扉を開けると夜が遅いにもかかわらず、こうこうと明かりがついていた。そして、そこには明日のエリオットの出発に万全を期すために未だ準備に余念のないオリバーの姿があった。

兄の帰りに多少安堵の色を見せたオリバーは、エリオットの後ろにいるアンネに気付いた途端に怪訝な表情に変わる。

「アンネ嬢？　兄さん、これは……どういう状況？」

オリバーはアンネを訝しげな目で一瞥した後、エリオットに説明を求めた。エリオットは苦々しい顔で、眉間に深い皺を寄せている。

「オリバー……かなり、厄介な事になった」

「……は？」

エリオットは、バードリー夫人との顚末をオリバーに説明していく。

普段、取り繕った顔しか見たことがなかったオリバーの顔が、兄の説明を聞くうちに呆然としたものに変わっていくのを、寝起きのアンネはぼんやりと見ていた。

「っこの、バカ女っ!!!!」

(ひぃぃいっ！)

突然の怒声に、前世含めて見たことのない男性の憤怒の顔はめちゃくちゃ迫力があり、今世はもうここまでかと覚悟した。エリオットから事の次第を聞いたオリバーは、みるみる顔を般若に変えて、目の前のアンネに怒りを露にした。

オリバーの余りの怒り方に、完全に酔いと眠気が覚めたアンネは生存本能から直(ただ)ちにこの場から逃げ出そうと決めた。

アンネは敵(オリバー)から視線を外さないように、後ろ手で扉のドアノブを探そうとするが、エリオットに阻まれる。

(最近、少しいい奴と思ってたのに……裏切り者！)

エリオットに対して悪態をつきたかったが、今最大の敵は目の前のオリバーである。今のところ、アンネとオリバーの間には大きな執務机を挟んでいるので、まだ距離があるのが救いだ。

何故、オリバーがこんなに怒っているのか、真に理解していないアンネには対処出来るはずもない。ここはエリオットに説得してもらって、是非彼の怒りを鎮(しず)めてほしいところだ。

「エ、エリオット様？　なんか……オリバー様、すごい怒ってらっしゃるんですけどっ！　一度、私と離れて、クールダウンされた方が……」

アンネはエリオットの隙(すき)を突き、ドアノブに手をかけ内側に引く事に成功した。少し開いた！と思った瞬間に、背後から腕が伸びてきてバンッと扉に手をつかれ、折角開いたドアは無情(むじょう)にも閉まった。

「事情聞くまで逃がさないから。アンネ嬢……いや、もうアンネでいいや」

耳元で聞こえてきた声は、地獄からの使者の声とはきっとこんな感じなのかと思うほど、低かった。だいぶ距離があったはずのオリバーが、瞬間移動してきたのか疑うレベルでアンネが開けかけたドアを閉めたのだ。

今日はよくドアを他人に閉められる。

その後、怒れるオリバーから根掘り葉掘り状況等を聞かれ、しどろもどろになりつつ説明した。

「いや、なんか兄妹神の加護とかおっしゃってたので、てっきり『本当の兄妹みたいに仲良しなのね、羨ましいわ』的な意味合いなのかと……」

「……はぁ……」

エリオットとオリバーは同時に長いため息を吐き、暫く重たい空気が流れた。沈黙を先に破ったのはオリバーだった。彼の瞳はまだ怒りで揺れている。

「君がさぁ、父とどんな官能の日々を過ごしてきたのか知らないけど、僕達まで巻き込まないで欲しいんだよね」

アンネは目をパチパチさせた。

なぜ兄妹神から、フリードとの官能の日々に繋がるのかわからなかったからだ。その様子をオリバーは見逃さず、すかさずアンネの痛い所を突いてくる。

「……ポラリス神聖典は見た事あるんだよね？」

「え？　まぁ……読み物としては、そこまで面白いものではなかったですけど」

「……貴族の子供なら必ず行く『ポラリス神徒の集い』の出席率はどうなってるの？」

「あぁ……それは……」

アンネは物心つく前から前世の記憶を持っていた。

ギャンブルによって家を空けがちな父と、それに振り回されて病弱な母。後は歳の離れた三人の

姉がいた。姉達は父のせいで、自分達の縁談が纏まらないかもしれないと常にピリついており、仲良くするなど夢のまた夢の関係だった。

結果的に姉達もアンネほど歳の差はないものの、だいぶ年上の男性に嫁いで行った。

ポラリス神教に敬虔だったらしい母も、四人目こそは男の子だと願いを込めたにもかかわらず、女で生まれたアンネを何となく避けていた。そして、もう神などいないと思ったのかポラリスの神について語る事なくアンネが十歳にもならないうちに、その生涯を終えてしまった。

アンネの教育は、格安で雇った家庭教師のみだった。

そしてアンネは前世の事もあり、敬虔とはとても言い難い宗教観だった。もう『ポラリス神徒の集い』とか、なんか洗脳されそうで怖い。出席の判子を貰うとそのまま人混みに紛れて帰るか、居眠りしているかのどっちかだったのだ。

普段大人しく成績も優秀で、特段目立つ事のないアンネがまさか集いだけをサボっているとは思わず、結局そのまま放置されて今に至っていた。

その事をアンネは二人に気まずげに説明し、反応を待った。

長い沈黙の後、エリオットが口を開いた。

「……それは、父上もご存じだったのだろうか？」

「はい。フリード様に初めて会ったのも、集いをサボってるところを見られていたからですし」

エリオットはこの数日間アンネと接していて、恐らく集いにあまり真面目に参加していなかった事は何となく察していた。貴族と平民の違いは、このポラリスの貴族用語をいかに学ぶかにもかかっている。平民との違いをより出すために、プライドの塊の貴族の子供なら普通は一生懸命覚えるものなのだ。

「ポラリスの神に擬えて話すのは、あくまで社交の時だけだからな。ビジネスや交渉時ではトラブルの元だから使わないのが普通だ……なるほど」

アンネはずっと引き籠もっていたため、社交なんてデビューしたその日一日くらいだった。他の令嬢はキチンと家庭教師やデビュー後の夜会などで、社交をある程度学んでから嫁がないと実家の恥になるし、学びきれなければ嫁いだ後に夫や姑、舅にせっつかれて無理やりにでも覚えさせられるのが常だ。

さまざまな条件が重なって、この破天荒さなのだ。

「……で、一体オリバー様の先ほどの怒りは何だったんです？」

エリオットはグッと口籠もった。

「俺の口からは、ちょっと……」

いつもの切れ味のないエリオットに、アンネは余計に不安に駆られる。

「ええ!?　私そんなまずい事、言ってましたか？　そんな記憶ないんですけれど……」

ここで呆れたようにオリバーが口を開いた。先ほどの怒りも、今は鳴りを潜めていた。

「ポラリスのトラアールの兄妹は他にいた自分達の嫁、旦那には目もくれず、ひたすら兄妹のみと交わって子供を作り続けるんだ。だから〝節操なし〟とか〝近親相姦〟の意味になる」

（ほほう、なるほど。えっと、つまり……？）

「君が肯定の返事をした事によって、僕等は〝義母だったアンネを兄弟で輪姦(まわ)してて、アンネも積極的に僕等に対して性的奉仕をしている〟って事になったんだよ」

ガーーーン!!

アンネの前世の宗教の神様も脇から産まれたり、処女から産まれたり、兄妹から他の神様産んだりしてたから『まぁ、神話なんてそんなもんだろう』くらいに思ってたのに、とんでもない事になった。

「バ、バードリー夫人にこれから書状を急ぎ送って誤解だと伝えれば……！」

それに異を唱えたのはエリオットだった。

「いや、無理だ。彼女の後ろにいた取り巻き連中も、歩く拡声機だ。すぐに貴族中に我等が爛(ただ)れた関係だと触れ回るだろう」

（な、なんて事だ……）

これでは、先ほどのオリバーの怒りはしごくもっともだ。既に未亡人の自分はさて置き、爵位があり、まだ独身のエリオットとオリバーにもとんだ醜聞(しゅうぶん)がついてしまった。

「ねぇ、本当にどうしてくれるのかなぁ？」

「はい……お詫(わ)びのしようもございません……」

「君だけならともかくさぁ。僕達も、もう社交界にいられないんだけど」

最早顔を上げられず、ズーンと落ち込んでいるアンネに、さらに容赦(ようしゃ)なく追い打ちをかけてくるオリバーを見兼ねて、エリオットが助け舟を出してくれた。

「オリバー、よせ。元はと言えば、父上がしっかりとアンネに貴族の常識を伝えていなかったせいだ。そして、俺達もせめて父上が亡くなった時にアンネに寄り添っていれば、もっと早くに気づけたはずなんだ」

アンネとエリオットを引き離そうと画策していた自覚のあるオリバーは、さらに言いかけていた文句を飲み込んだ。

「でも兄さん、これからどうするんだよ。今はまだ皆不意を突かれてるから、そこまで追究されないかもしれないけど醜聞が広まれば商売で領地間を跨ぐ時の税額もかなり変わってくるだろうし……」

貴族の連中など暇なのか、年中ゴシップに飢えている。下手にただ否定していたら格好の餌食になり、食い潰されるだろう。

「それは、俺に少し考えがある」

エリオットが顎に手を当て、俯き加減に話す。

「まだ公にはなっていないが、レイフォード殿下の婚約者が隣の大国イルマスの姫に決まった。イルマスは最新の印刷技術に着手し、力を入れているらしく、適した紙を探しているようだ」

実は、イルマスの使者にフリードの改良型の紙は既に見せており「この紙は素晴らしく、我が国の印刷にかなり適している。是非この技術を共有したい」と言われているらしい。

（おお、それはすごい!!　死してなお国に貢献するなんて……フリード様、万歳!!）

「あと、アンネにイルマスの姫の閨指南の依頼が来ている」

（…………はっ⁉）

アンネは、エリオットから言われた事を即座には理解できなかった。

（何故、ここでまた閨指南？　……やっと終わったのに）

レイフォード達の作法は、勢いでやった感が否めない。そもそも異性相手に『実技なし』と言う前代未聞な事に皆が驚き戸惑った。その上あの授業内容で、誰にも文句を言わせる隙を作らなかったのも大きい。

ただ女性向けの指南だと、その限りではないかもしれない。前世の大昔なら布団に三つ指ついて迎えたり、何かの問答が合図だったり、側で見張りが付いて行為を見てたりとかさまざまだったはずだ。この世界の他国に、そういう風習があるとまずい。

（え、処女の人達の作法って、どんなんなの……？）

グルグル混乱しているアンネの様子は、エリオットとオリバーにまだ気付かれていなかった。

エリオットは、宰相のウィルからもだいぶせっつかれていたのもあり、閨授業見学条件の〝改良型の紙の製造資料の捜索〟をずっとしていた。しかし執務室、書斎、父の元私室、屋根裏など邸宅中を探したが、それらしい物は発見できていなかったのである。

エリオットは実は最後に一つだけ心当たりがあった。

それはアンネが財産分与で貰っていた『領地の寂れた工業地帯の中にある倉庫』の中だ。父はきつとこの中に改良型の紙の資料を隠しているはずだ。最初に遺言を見た時、何故あんな所をアンネに遺(のこ)したのか疑問だった。領地内とはいえ馬車で二日かかり、女性一人では決して行けない場所だ。二人の思い出の地か何かなのだろうとその時は詮索(せんさく)しなかったが、そこに資料があるとエリオットは何故か確信していた。先ほど王城にいったん寄ったのも「紙の資料が見つかりそうで、そのためにはアンネが必要だから、今日はこのまま本邸に連れて帰る」と、ウィルの使いに言いに行っていたからだった。

「明日……いや、もう今日か。朝から行く橋の修繕の場所からそこは近い。だからついでに紙の資料を探して、持って帰って来るつもりだ……アンネ、鍵は持っているな？」

思考の海に沈んでいたアンネは、エリオットの問いかけで浮上した。

「え……あ、はい。あります」

フリードから倉庫を遺言で貰った時に、その鍵をネックレス状にして手渡されていた。装飾(そうしょく)もお洒落な感じにされていたので、普段遣いのアクセサリーとして常に身に着けていたのだ。

アンネから鍵を預かったエリオットは、とても倉庫の鍵には見えない複雑な形状を見て、やはりよほど大事な物をしまっているのだなと思った。

「貴族は現金な奴ばかりだ。紙の技術とアンネの姫への閨指南で王家に恩を売って贔屓にされれば、こちらに攻撃を加えるような馬鹿な事をする奴もいなくなるだろう。相手に食い潰される前に自分達に価値を付ければ、くだらん噂などどうとでもなる」

（流石……流石エリオットだ）

「あの、さっき『私が他国の姫の閨指南役になった』って、幻聴(げんちょう)が聞こえたような気がしたんですけど」

アンネは一縷(いちる)の望みをかけて、エリオットに聞き直した。

「ああ。どうやら父上の紙を見せるついでに、イルマスの使者にアンネの作った教科書も見せていたらしくてな。こっちの閨教育のレベルの高さに驚いていたようだ。姫を娶(めと)った時に、殿下との差がついてはまずいと言う事になったと聞いている」

(あ、やっぱり聞き間違いじゃなかった)

「それにアンネは語学が堪能なんだろう？　閣下から周辺国の言葉ならペラペラ喋(しゃべ)れるらしいと聞いたぞ」

(どこ情報!?　流石に、ペラペラとまではいかないんだけどな……)

フリードに嫁いだ時に、アンネが熱心に学んでいたのは『語学』だった。

元々神話の神の名前を覚えるくらいならイルマス単語の一つでも覚えた方がマシとまで思っていたので、結婚前から日常会話レベルならイルマス語は話せた。結婚後は、フリードが他国の内情にも造詣(ぞうけい)が深かったこともあり、貴族の常識を学ぶのをそっちのけでイルマス語を含めた、他国の言葉にも没頭(ぼっとう)していったのだ。

アンネはどちらにしても、自分よりもフリードが先に死ぬのは自然の摂理(せつり)のため、もしエリオットが自身の後見人にならず遺産もなかった場合は、他国で暮らすのもありだと思っていた。男尊女卑の根強いこの国では女性一人では生き辛いが、他国ではそうでもなかったりする。大国イルマスは、その中でも比較的女性が生きやすい国の一つだ。

結局は、こちらが何も言わなくてもエリオットはいつの間にかアンネの後見人になっていたし、フリードが遺産をアンネにも残してくれたので、この国から出る事はしなかった。

アンネが救済院に寄贈していた本の中に、周辺国の語学の単語集や文法を学べる本があった。そこから、ウィルの調査機関に知られる事になったのである。

あまり浮かない顔をしているアンネに、エリオットが気が付いた。

「どうした、アンネ？　男に教えるよりは同じ女性に教えた方が、負担が少ないだろう？　女性同士ならそもそも実技もないし……」

「あ、はい。それは……まぁ、そうなんですけど……」

アンネは歯切れの悪い返事を返した。

「……まさかとは思うけど、気が乗らないとか言わないよね？　君の無知のせいで、こっちに多大な損害を与える可能性があるってのにさぁ。まさか……そんな、ねぇ？」

エリオットとアンネの会話を聞いていたオリバーが、口角を上げ、デスクに片肘を突きながら横柄に言った。目は、もちろん笑っていない。オリバーのその目にゾッとして、アンネはなるべく憂いを見せないように、元気よく返事をした。

「いえっ！　不肖アンネ。喜んで、務めさせて頂きます!!」

心配そうなエリオットと、アンネのいい返事を聞いて満足そうにうんうんと頷いているオリバー。

アンネは、今なら心の内の不安を二人に吐露出来るのではと考えて切り出す。

「お二人に、恥を忍んでお聞きするのですが……この国の処女って、初夜の閨の時に何か特別な作法があるのでしょうか？」

　アンネのこの質問に男二人は固まった。そして同時に思った。

　……いや、知らんがな。

「……いや、えっと。アンネが父との初夜でやった事を教えればいいんじゃないの？」

「ああ……正直あまり聞きたい内容ではないが……」

「……そう……ですよ……ねぇ……」

（それが分からないから、教えて欲しいのにっ！　もっと、もっと経験豊富な人……）

　アンネはうーんと腕を組み考えた。

「バードリー夫人に教えを乞（こ）う事は……」

「あの女とは、絶対に積極的に関わらないで」

　オリバーは食い気味にアンネの言葉を遮（さえぎ）った。エリオットは少し考え、思い至ったようにアンネに聞いた。

「もしかして、もう十年も前の事だから、忘れてしまったのか？　一度しかないものだからな、忘れても仕方ない……のかもしれない」

　エリオットはそんなわけあるかな？　と思ったが、自身が処女どころか経験自体ないので、下手な事は言えない。

「そう！　そうなんです。十年前の話なんで、自信がないんですよね。やむを得ないです、国家間に摩擦が起きたら困るんで、次会った時に宰相閣下に確認しておきます！」

「……」

神妙な面持ちでそう真剣に語るアンネに、最早二人は何も言えなかった。

「そういえば、お二人とバードリー夫人って、何かあったんですか？　なんか、拒絶の仕方が過剰というか」

夜中のテンションもあり、ここまであけすけなアンネに、オリバーは最早隠すような事でもない気がして十三年前に起きた事をアンネに説明した。

「笑いたきゃ笑えば？」

「え!?　別に笑いませんよ。面白い話でもないですし……何かすごく痛そうっていうのは伝わって来ましたけど」

オリバーは一気に気が抜けた。

自分が、今の今まで信頼のおける者以外に言えなかった事を、あっさりと『何か痛そう』で済まされたからだ。

「今日の件で、彼女に無駄に絡まれる可能性がさらに高まった。だからなるべく会わないように、夜会は主催者に挨拶だけして、即行帰るようにしようと思うんだけど……」

「ええ、そうしましょう！　……本当にごめんなさい、そんな事情があったなんて」

オリバーは殊勝な態度のアンネを見た。さっきから彼女の困ったような顔に、妙に己の嗜虐心が擽られる。この常識知らずな女に対して、何か切り札を手に入れとくのも悪くないかもしれない。

オリバーは、アンネからある言葉を引き出しにかかった。

「……ねぇ、本当に悪いと思ってるの？　とてもそうは見えないんだけど」

「いえ、こう見えてすごく反省してるんです！」

アンネは昔から反省の色が見えない、とよく怒られていたので若干コンプレックスを持っていた。

「ふうん？　僕さぁ、形に残る物で謝罪して貰わないと信用しないタチなんだよね」

「おい、オリバー！」

嫌な予感でエリオットは声を上げたが、すでに遅かった。アンネはオドオドと焦ったように言葉を続けた。

「形って言われましても……私に出来る事なら、何でもしますけど」

最早、ごろつきが因縁をつけている感じになったが、オリバーの欲しい言葉がもらえた。

この国の交渉事に『何でもします』は禁句だ。

「うん。その何でもしますって言葉、絶対に忘れないでね」

オリバーは、にっこりとアンネに笑いかけた。


三人である程度の話し合いが終わった頃には、もうすっかり空も白み始めていた。エリオットはアンネを休ませるため、客室まで案内した。

「オリバーがすまない。悪い奴ではないんだが」

エリオットは、先ほどオリバーが敢えてアンネから引き出した言葉が気にはなった。しかしこれから自分が戻るまで、オリバーにかなりの負担を強いる負い目もあり、厳しく言えなかったのだ。そんな自分を不甲斐なく思っていた。

「いえいえ！　オリバー様のお怒りはごもっともです。エリオット様ももっと詰ってくれていいのに」

　アンネは全く気にしていないようだ。

（あのオリバーだから、アンネに無体な真似はしないだろうが……）

　そうこう話しているうちに部屋の前に着いた。ここを離れるとしばらく会えなくなる。

「疲れてるところ、無理やり連れて来て悪かった。明日早朝から俺が不在になるため、どうしてもオリバーに事情を説明して、今後の算段をつけておきたかったんだ」

　エリオットはここ数日で、アンネに対して心の内を素直に明かせている事に、自分でも驚いていた。取り繕うのすら阿呆らしいくらいの真っ直ぐさで、アンネが接して来るからだ。

「元々は私の無知が招いた事ですし……あの、エリオット様？　お戻りになってから、お時間のある時でいいのですけど、私に貴族の常識など教えてくださるとありがたいのですが」

　アンネは全くそんな意図はないし、実際そうなっているわけでもないのだが、エリオット的フィルターにかかると、まるで可愛らしい小動物がウルウルとした瞳で見上げているように見えている。好いた女性に上目遣い気味に乞われ、誰が断れるだろう。

「……あぁ、わかった。これからは、貴族用語も必要になる機会が増えるだろう」

「良かった！　お戻りをお待ちしてますね」

あまりにふわふわとアンネが微笑むものだから、ついついエリオットの手が伸びた。きっと娼館で嗅いだ催淫剤入りの香のせいだと自分に言いわけをする。

しかし、アンネから次に発せられた言葉によって、その手を止めた。

「エリオット様は、フリード様に本当によく似てらっしゃるわ。見た目はもちろんですけど、面倒見の良いところもそっくり」

ニコニコと懐かしむように笑いながら、アンネは言った。彼女の何気なく発したその言葉が、思った以上にエリオットの心を抉る。

(アンネは情の深い女性だ。父上の事を簡単に忘れられるはずがない。父が死んで、まだ一年なのだ。しかもアンネの性の知識量からして、かなり濃密な時間を二人で歩んできたと見て間違いないだろう)

「アンネ……これは貴族の常識ではなく、一般的な常識なのだが」

抱き締めるつもりで伸ばした手だったが、そのまま肩に置き子供に言い聞かせるように言った。服越しに伝わる肩の感触は、あの横抱きにした時同様に華奢だった。

急に神妙な面持ちになったエリオットを見て、アンネは不安げな表情になる。

「……は、はい」

「男と馬車の中でも不用意に二人きりになるべきじゃないし、無防備に寝るんじゃない。他人に、先ほどのように『何でもします』とも決して言うな。後、今度詳しく話すがプリメリーニアは『愛人にしたい』と言う意味だから、安易に肯定するなよ。あと……」

「え、えええ……！　ちょっと待ってください！　情報量が多くて、全然頭に入ってきませんっ！」

それから部屋の前でややしばらく、アンネは実母よりも口喧しいエリオットから、あれこれ注意を受けたのだった。

次の日、エリオットがかなり早い時間帯に出立したのも気づかず、アンネは夕方近くまで寝ていた。

誰も起こしにこなかったので、恐らく寝かせておいてやれと言っておいてくれたのだろう。

ベッド近くのサイドテーブルを見ると『首に着けていた鍵は預かって行くので、夜会には必ずこのネックレスを着けて行きなさい』とエリオットの流麗な文字でメモ書きがあり、オニキスと大きい碧石の素敵な意匠のネックレスが無造作に置いてあった。

オニキスのように硬質であり、碧石の力強さがある不器用なエリオットの優しさは、アンネを擽ったくも落ち着かない気持ちにさせるのだった。

◆　◆　◆

エリオットが出立して、今日でもう二週間が経つ。帰りの連絡は、まだ来ていない。

今日も夜半を回る頃、オリバーの私室ではアンネの悲壮さの滲む声が響いていた。

「オリバー様……っ！　お願い……もう、許してください……」

アンネは目に涙を溜めながら、彼に懇願していた。いつもの涼やかさは鳴りを潜め、垂れ目に涙を溜めている姿はとても扇情的だ。連日に渡る睡眠不足により疲労困憊であり、身体は悲鳴を上げている。

「……君が何でもするって言ったんだろ？　約束は守らなきゃ」

そのアンネの様子をオリバーはクロウと共に眺めながら、その形のいい薄い唇を酷薄に歪め、彼女の懇願を無情にも突き放す。

「……兄さんが帰ってきたら、こんなに相手してもらえそうにないしね」

オリバーは少し憂いを含んで視線を落としたが、すぐに目の前の獲物に視線を戻した。そして、甘く蕩けるように囁き、オリバーはアンネに強請るのだ。

「クロウは、君と僕から散々搾り取って満足してるかもしれないけどさ……僕はまだまだ足りないんだよ。さぁ、アンネ。もう一回しよ？」

オリバーがうっそりと笑いながら言うその言葉に、アンネは顔を深い怯えと絶望に染めた。


「……何で僕が家から放逐された上に、共同経営者に騙されて極貧生活なんだよ！」

オリバーが盤上の駒を見て嘆いている。アンネはまたか……と思いながら、すかさず宥めに入った。ここで彼の機嫌を損ねるとまた面倒くさくなるからだ。

「いや、そのコースから反政府軍として王相手に革命を起こせる可能性もありますし、盗賊の頭目として陰に生きる事も……」

「この先真っ当なマスが、ほとんどないじゃないかっ！」

「それも、また人生……」

賽子(サイコロ)を振りながらアンネは達観(たっかん)したように答えた。

「オリバー様、そこ税金マスです。五万マルド払ってください」

クロウはしっかりとお役人コースを歩んでおり、仮想空間でも堅実だ。先ほどは銀行員コースを選んで、オリバーとアンネから金を巻き上げていた。

「!!　っくそ……絶対成り上がってやる」

「だから地道に商人コース選べば良かったのに……」

アンネは呆れたようにオリバーを見た。盤上でのオリバーの生き様(いきざま)は、意外とアウトローだ。

頼むから早くオリバーが勝って欲しい。そして寝かせて欲しい。

この国にも卓上遊戯盤はあるが、本物の軍事作戦にも用いられ、擬似(ぎじ)の戦争を想定しての非常に本格的な物である。仮想敵国の動きや奇襲(きしゅう)への備え、兵糧(ひょうろう)の配置手配などルールの敷居が高過ぎて、幅広い年齢層に受け入れられるゲームと呼べるような代物(しろもの)ではない。

一方彼らの前にはアンネ特製双六(すごろく)盤が置いてある。これは救済院の子供達にこの国の貨幣価値について勉強させるために作った、いわゆる日本の『人生ゲーム』だ。しっかりとマルチエンディングが用意されており、アンネは今回は高級娼婦としての道を歩んでいた。オリバーによってかれこれ三時間は拘束(こうそく)されている。

オリバーは、どうやら運の要素が混じると途端に弱くなる傾向にあるようだ。

「……あの、オリバー様？　お楽しみのところ悪いのですが、そろそろ寝ないと。明日の夜はハーヴィ公爵家主催の夜会ですし」

アンネのその言葉に、クロウも同意を示した。

「左様です、オリバー様。こう連日付き合わせては、アンネ様のお体に障ります」

アンネもまだ二十代とはいえ、この国基準だと決して若くはない。

（こっちは肌に出るんだよ、肌にっ！）

オリバーはとても悔しそうだ。

「リバーシでは負けないのに……」

確かにリバーシは、アンネはかなり弱い。というか、オリバーが強すぎる。ハンデで角二つを取らせてもらった状態でも大差で負けるので、オリバーはアンネ相手は飽きたようだ。

アンネの『何でもする』誓約は、エリオットが出立した直後にオリバーにより書面に起こされてサインさせられていた。『甲が乙の……』のような書かれ方をした正式な物で、期限なども書いていなかったのに、ついサインをしてしまったのだ。

その上、本邸でしばらくお世話になるのに暇だからとオリバーを気軽にゲームに誘ったのも悪かった。こんなに粘着質だったとは、オリバーの意外な一面だ。

グランドールの男に脈々と受け継がれている粘着質な血をアンネは知らない。

「……オリバー様はギャンブル、絶対やっちゃだめですよ」

オリバーのこの熱の上げようでは、アンネの父の二の舞になってしまいかねない。

「やらないよ。闘技場（コロシアム）にわざわざ行くのもめんどくさいし、賭け競技にも興味ない」

本当かなぁ～とアンネは胡乱（うろん）な目でオリバーを見た。誓約書に大して考えもせずサインした、数日前の迂闊（うかつ）な自分を殴ってやりたい。

「……兄さんが帰って来ると、絶対アンネに無理させないだろうから今のうちなんだよ」

アンネは心の底からエリオットの無事を祈り、早い帰還を願っていた。


居残り組三人が夜通し双六盤で白熱している事など露（つゆ）知らず、憐（あわ）れエリオットは一人、橋の崩落現場で陣頭指揮を執っていた。

（クロウだけでも連れてくればよかった……）

エリオットは何度もそう思ったが、その度に甘え切った自分の考えを叱咤（しった）した。

（いや、だめだ。クロウには、家にいて家政をある程度切り盛りしてもらい、オリバーをサポートして貰わねば……）

連日の作業でエリオット自身かなり疲弊（ひへい）していたが、夜会で針の筵（むしろ）に晒（さら）されているオリバーと、居心地の悪いであろう本邸に身を置いて、今も恐らく心細い思いをしているアンネを思えば、エリオットのこのくらいの苦労はむしろ望むところなのだ。

彼の元々悪い目付きは日を追うごとにさらに悪くなり、目の下の隈（くま）が彼の疲労を物語る。当初予定していたよりも、三倍の時間と追加予算を掛けて修繕に取り組んでいた。本当に収穫時期じゃなくて良かった。これだけの被害だと収益に大打撃だったはずだ。

この状況で『逼迫していない』とよく言えたものだ。しかし、エリオットがこっちに来てからの管理を任せていた者の動きは悪くなかったし、しばらく動向は様子見だなと判断する。

ただ、どうしてもと乞われて管理者の家に初日に泊まらせてもらった時に、若い娘を差し出して来たのには驚いた。エリオットの寝室に入って来ようとしたため、丁重に送り帰した。

管理者の行動に呆れはしたが、特に怒鳴りつけるような事でもないと思い、次の日から普通に近くの街の宿で休む旨だけ伝えた。それからはずっとそこの宿に連泊している。

そう言えば前にも何度か似たような事があったが、こんなに穏便に対処出来たのは初めてかもしれない。自分の中の許容範囲が、ここ数週間でかなり広がったのを感じて、その要因になっているアンネに思いを馳せた。

橋修復の目処がついたため、もう一つの目的である場所へエリオットは雨の中、一人馬を走らせていた。街から馬を急がせれば一刻半で着く所に、その場所はある。

便宜上寂れた工業地帯と呼ばれているが、元は近くの鉱山から採掘されていた鉱物の加工場だった。エリオットの曾祖父イーサンが侯爵を引き継いだ頃に、ここら一帯は最全盛で稼働していた。しかしその後〝自国の天然資源は温存すべき〟と言う国の方針に切り替わり、緩やかに閉鎖を余儀なくされた。

国からの補助もあり、元々の鉱員やその家族は近くの街を拠点に巨大な農地開拓へ移行し、今やグランドール領の収益を支える地域へと大幅に発展して行ったのだった。

さて。

住民が全ていなくなってから五十年以上経つ昔は村だった場所に、忘れられた倉庫があった。昔の鉱石加工で活躍していた重工具がしまってある倉庫だったと聞いている。実際にこの目で見るのは初めてだったが、紙の事がなければ見れば見るほどアンネになぜ残したのか首を傾げていただろう。倉庫の外観は古いがやはり扉自体と扉の鍵は新しいものに替えてあり、アンネから預かった鍵を差し込み回すとカチリと音がして扉が開いた。中はだだっ広く少しカビの匂いはしたが、年月の割に綺麗で清潔に見える。

エリオットがそのまま奥に進むと、古い本棚に囲まれている一角が目に入った。簡素な木製のテーブルとランプが置かれ、左右を囲うように大きな本棚、その中にはぎっしりと分厚い本が詰まっている。

本棚には様々な語学の本が置かれていて、きっとこれをアンネに遺したのだろうとなんとなく思った。他国の本はとても貴重だが、どの本も一冊一冊がとても大きく重たい。全てを運び出すのは難しいだろう。

テーブルの上には、フリードの字で何かの配合を走り書きしたメモやらが置いてあり、生前の父の痕跡が見え隠れしていた。目当てのものはテーブル近くの木箱の中に、防虫のポプリと共に入れられていた。『処分ゴミ』と書かれた木箱の下にあり、見つけるのに少し手間取ってしまったが、これでやっと帰れる。

一応処分ゴミの中身も確認しようと中を開けると、フリードの使っていた古い手帳が何冊もその中にあった。懐かしい父の筆記に、思わず手に取り中を検(あらた)める。どうやら、爵位を継いでからずっと書き留めていた物らしい。その日の出来事、領地の事、自分達兄弟の事や母の事。そしてなかには、アンネの事が書かれているものもあった。

　自分の知らない、フリードの視点で語られるアンネに興味があった。十二年前に母が亡くなり、その一年後に王都の教会へ母の喪明(もあ)けの報告に行った時に、父はアンネと出会っていたようだ。『集いを抜け出している少女を保護した』とあり、『彼女の博学(はくがく)さに驚愕(きょうがく)した』など、色々書いてある。

　十一年前であればアンネは十五歳。『神徒の集い』はデビュー前に終わるから、本当に最後までサボりまくっていたのだなと苦笑する。

(帰ってから、しっかり貴族用語を教えなければ……)

　そんなことを考えながらパラパラと手帳を捲(めく)っていくと、気になる文章が見えて手を止めた。アンネとの結婚前後の手記なのだろう。

　それは間違いなく父の字で走り書きされていた。

『もうあの家に置いておくわけにはいかない』から始まり、『養女にしてエリオット達の義妹とした方が良かったのだろうか……しかし、要(い)らぬ誤解を招いては、死んだヒルデにも申しわけが立たない』等、不穏な事が書かれていた。ヒルデとはエリオット達の母の名だ。

　エリオットは、何だかすごく嫌な予感がした。これ以上読み進めるととんでもない事を知りそうで怖かったが、読み進める手が止まらない。父が何を思ってこの文章を書いたのか気になり、夢中で手記を読んだ。個人的な手記のため、直接的な物言いが多い。手帳から無理矢理破ったページもあるのか、ばらけている紙まで読み込んでいった。

『あの娘には申しわけない事をしていると自覚している』

『わけあって、彼女とは本当の夫婦にはなれない』

『アンネに、秘密の夫を持つように勧めたが断られた』

『せめて自分が死んだ後に困らないようにしなくては……』

『息子達にも真実を明かせない自分が情けない』

確かに父の字だ。手帳を持っているエリオットの手が震える。てっきりアンネのあの様子から、父との夫婦関係は良好だったのだろうと勝手に思っていた。

秘密の夫を持つことを勧めるなど、普通はあり得ない。ましてやあの真面目だと思っていた父が、不義の相手を敢えて勧める理由が浮かばない。

エリオットは、どう言う状況だとこうなるのか一生懸命考えた。そして〝義妹〟という言葉が、どうにも気にかかる。

（まさか、アンネは自分達の腹違いの妹だったのでは……？）

エリオットはそう考えると色々と腑に落ちた。何故女性が苦手だった自分が、こんなにも惹かれているのか。あのオリバーですら、アンネに対して素を見せているように思えた。

（しかし、そう考えるとアンネのあの性の知識はどこから……）

そう思った時にある一節が目に留まる。

『彼女は前後不覚になるほど酔うといい歌声で歌う』

この言葉をそのままの意味で受け取るほど、エリオットは単純な男ではなかった。

（考えたくはないが……まさか、父と娘で血の繋がりがある者同士、禁忌の関係になってしまったんだとしたら……）

得心がいってしまったエリオットは、すさまじい妄想力を発揮して一人、底が抜けるような絶望を味わっていた。


エリオットが勘違いにより暴走していた、数刻後の王都。

アンネとオリバーは、ハーヴィ公爵家の夜会へと来ていた。オリバーがエスコートしての夜会は、今回で三回目である。

オリバーはすでに辟易していた。

「オリバー様、こちらのお飲み物はいかがです？」

「あら、オリバー様は今私の飲み物を所望しておられるのよ、およしになって」

「小娘達は引っ込んでなさいな、オリバー様は私達のような経験豊かな女の方がお好みなのよ」

現在、貴族間の一番のゴシップネタの中心人物アンネが壁の花となっており、自分は妙齢の令嬢＋火遊び目的の婦人方に囲まれている。以前は女に触れられる度に吐いていたが、今は触れられるくらいでは吐かない……多分。正直体調による。

それにしても、元凶であるはずのアンネが出されている料理を呑気に食べているのがここから見えて腹が立つ。御婦人方を笑顔で躱しながら、オリバーは内心舌打ちした。

バードリー夫人達が撒いた噂話は、尾鰭がついて広まりもはや収拾不能状態だ。

『前侯爵が健在だった時から関係があった』だの『兄弟で、代わる代わる毎夜楽しんでいる』だの『アンネを巡っての痴情の縺れで、兄弟で共謀してフリードを殺した』だの、好き放題言ってくれる。堅物の女嫌いで通っていて、浮いた話一つないエリオットとオリバーだったからなおさらだ。

この噂の影響で、アンネは逆に『今ちょっかいを出すには、面倒な女』という認識になっていた。プライドの高い貴族の男は、思っていた以上に経験値の高いアンネにいまさらながら尻込みしている。それに加えて殿下方の閨指南を無事やり遂げた事と、他国の姫にこれから閨指南を行うというので、今下手に手を出して王家に睨まれたくないというのもある。

あとは何よりアンネが着けているネックレスだ。エリオットから借りたと聞いて、これを見た時にオリバーはもうエリオットを止める事は不可能だと感じた。

オニキスの黒といい、碧石の色といい完全にエリオットの色だった。オリバーの色でもあるので、周りから噂をある程度肯定していると見られてもおかしくない。

(兄さんの言っていた「噂などどうとでもなる」というのは噂を消すんじゃなくて、肯定した上で何も言わせないという意味だったのか……)

お陰でアンネは壁の花で、自分は経験豊富な貴族男子として持て囃される羽目になっていた。

オリバーは「トイレに行く」と言って、何とか婦人達をまいていた。もうアンネを連れて早いところ帰りたかったが、ハーヴィ家と親戚関係にあるレイフォード殿下もこの夜会に顔を出しており、今アンネと話していてそれが終わらないと帰れない。すぐに話は終わるだろうと思い、公爵家の中庭を歩いて時間を潰すことにした。

オリバーはこの時、自分の運がない事をすっかり失念していた。

代わる代わる飲み物を飲まされた上に香水臭く、ベタベタ触れる女達に当てられてすこぶる体調が悪い。女性が一人で中庭を彷徨く事はあり得ないが、男が彷徨こうが誰も気に留めず、皆意中の相手との逢瀬に夢中だ。

ハーヴィ公爵家の中庭は、薔薇が見事で見応えがある。

(グランドール本邸にも薔薇を植えるべきか……)

そんな事を考えていると、風上からどこかで嗅いだことのある香水の匂いがした。

オリバーの嫌な過去を思い出させる強烈な花の匂い……。

近くの東屋から漏れ聞こえる睦言のような囁きの後で、今まさに誰かがこちらに歩いてくるところだった。

上気した頬や匂い立つような色香で、明らかに事後である雰囲気を纏いながら、一人の女が悠々と歩いてくる。月明かりに彼女の銀髪は美しくキラキラと光るが、オリバーの目には、それはひどく毒々しく映った。オリバーは今すぐ立ち去らなければと思っているのだが、足が動かない。

「あらぁ、そこにいらっしゃるのはもしかしてグランドール子爵では？　やっとお会い出来ましたわ。エリオット様には先日お会い致しましたのよ。初めまして、レティシア・バードリーでございます。オリバー様とお呼びしてもよろしくて？」

トロリとした錆色の目で、こちらを不躾に値踏みしてくる。こちらが何も答えずともグイグイ話し始めた。

「ふふっ、アンネ様が本当に羨ましい。……でも、オリバー様はまだ誰とも初めての会話をされてませんわよねぇ？」

オリバーはゾッとした。

〝初めての会話〟とは閨指南のことを指す隠語だ。

閨指南の経験の有無は、ポラリス本教会で管理されているはずで、結婚の話が出た時に初めて当人達に公開されると聞いている。教会関係者の誰かが情報を漏らしているのも問題だが、オリバーの指南経験の有無をこの女が把握しているのが心底気持ち悪い。

自分が思っていた以上に動揺しており、気付けばバードリー夫人はオリバーのすぐ側まで近づいてきていた。

「……私といかがです？」

白蛇のようにぬるりと伸びてきた腕を眺めながら、何処か遠くの方で自分を感じた。

(今、触れられると確実に吐くなぁ……)

まるで他人事のように思った。

その時、全く意識していなかった後ろから手が伸びてきてグイッと腕を引っ張られ、凛と背筋が伸びた女性が夫人と自分の間に割って立った。

「……オリバー様のお相手は私ですので、レティシア様のお手をわざわざ煩わせるわけにはまいりませんわ」

「っ！　……アンネ」

ギラついた雰囲気をそのままに、夫人はアンネを見据えた。

「あら、アンネ……いらっしゃったの。……ねぇ、貴女なら今や閨指南も他の方から引く手数多でしょうし、少しオリバー様を貸してくださらない？」


アンネは実は内心かなりビビっていたが、ここで引くわけにはいかなかった。一応自分のせいで夜会で絡まれる可能性が高いという負い目があったため、こういう場合はオリバーを全力で守ろうと自分に誓っていたのだ。

(ま、間に合った……？　もー、勘弁してよ。後でオリバーに八つ当たりされたら面倒なんだからっ！)

バードリー夫人の中では既にこれは交渉事になっているのか、表現を誤魔化したりもしない。そしてオリバーの目に怯えがあるのも読み取っており確実に仕留めようと獲物を狙う、捕食者の目をしている。ここまで来ると、最早夫人の貞操観念よりも精神状態の方が心配になる。

(やっぱり、何かそういう依存症的なものなのかな？　専門家じゃないからわからないけど。この世界にカウンセリングなんて、まだないだろうしなぁ……)

そんな余計なお世話な事を考えながら、そう言えば今守るべきはオリバーだったと思い直し、アンネは口角を上げたまま笑顔をキープし、夫人と対峙した。

「申しわけございません、オリバー様は私の大切な家族ですの。私が優先するのは、常にエリオット様とオリバー様ですので、どうぞご遠慮下さいませ」

夫人は口元を扇子で隠して、猫のように目を細めた。不快な時の顔なのだろう。

「〝元〟家族でしょう？」

「一度繋がると中々切れないものでしてよ、絆は」

「……優先の割に、オリバー様の指南が後回しなのはなぜかしら？」

「それぞれの家庭に事情というものがございます。ご配慮頂ければ嬉しいのですが」

二人は一見朗らかに会話しているが、バチバチと火花が見える。

その光景は側から見ると、まさに毒婦vs毒婦だった。


実は数分前。

オリバーが御婦人方に囲まれているのを見ながら、アンネは呑気に食事を楽しんでいた。本日アンネ達を招待してくれたハーヴィ公爵夫妻に挨拶した時は、公爵自身よりも夫人の方がすごい熱量でアンネに迫ってきて驚いた。

御子息が殿下の側近で、同じ閨指南をした生徒の一人だったからなのか、かなり好感触だった上にアンネの教科書を大きな声で褒めちぎり、光栄だが少し恥ずかしいくらいだった。

今回は、オリバーがエスコートをして参加する三回目の夜会になる。一回目、二回目の夜会は向こうから招待して来たにもかかわらず主催者もよそよそしく、とても長居出来るような雰囲気ではなかったので、夜会の食事を食べられるのもこれが初だ。二回目の時の主催者は、それまで見た事のなかったアンネを想像で美化し過ぎていたのか、アンネを傾国（けいこく）の美女か何かだと思っており、実際に挨拶した時など落胆（らくたん）という言葉が相応しい顔をしていた。まったく失礼な話である。

せっかく食事を出されているのに、食べているのはアンネ一人だ。実にもったいない。何だかチラチラと視線は感じるが、特別話しかけて来る様子もないので無視して食べ続けていた。

「アンネ、美味（うま）いか？」

呆れたような声が後ろから聞こえてきた。振り返るとそこには正装のレイフォード殿下と、闇指南にもいた、本日主催のハーヴィ家の、騎士団長の息子、トレビスがいた。腕がかなり立ち、次期近衛騎士団長確実と言われるほど、強いらしい。

「先ほどは母が失礼致しました、あんな大声で……はしたない」

トレビスは、精悍（せいかん）な青年という出で立ちの割に偉そうな部分は微塵もなく、申しわけなさそうな顔をしてアンネに謝罪した。

「いえいえ！　ハーヴィ夫人のお言葉に救われる思いですわ。お料理もとても美味しいですし」

「それは良かった」

ほっとしたようにトレビスは笑い、お互いににこにこと微笑（ほほえ）み合う。レイフォードは、そんなほわほわと平和な二人をしばらく呆れながら眺めていたが、本題を切り出した。

「ところでアンネ、俺の婚約者殿にも闇指南してくれるそうだな？」

「はい、まだ正式に依頼されたわけじゃないんですけど……噂の事もありますし、誰か違う人に頼まれた方がよろしいのでは？」

（そうだ！　この手があった）

この噂を逆手に取って、穏便に断れるかもしれない。

「いや、あの噂は到底信じられない。少なくともあの指南に参加していたものなら、誰も信じていないだろう」

レイフォードはアンネの目を見ながら、キッパリと言ってのけた。

「アンネとグランドール卿には、男女を匂わせる空気は皆無だった。どうせアンネが余計な事を言ったんだろう」

流石ゆくゆくは一国を束ねる次期国王陛下なだけあって、鋭くてらっしゃる。

「……はい……殿下の仰（おっしゃ）るとおりです……」

アンネのその言葉に、目の前の二人は吹き出した。あまりに笑われてバツが悪くなってきた時、不意にレイフォードが探るような鋭い目つきで言った。

「……しかし、そのネックレスは前グランドール侯爵からの贈り物か？」

「いえ、これは、エリオット様からの預かり物です」

「ほお……噂も全てが嘘（うそ）、というわけでもなさそうだな」

レイフォードは少し考えるそぶりを見せた後、アンネを真っ直ぐに見つめた。

「アンネ……俺の愛妾（あいしょう）になる気はないか？」

……アイショー？

　………相性？

　………愛妾!?

　いやいやいや。

「あの……殿下？　私今年で二十六歳でして、殿下とは十一歳も歳の差がございます」

　こっちがかなり動揺しているにもかかわらず、レイフォードは優雅にワインを飲んでいる。

「そうだな。まぁ、歳の差はそんな大した問題でもないだろう」

（え!?　いや、凄い問題だらけっ！）

「……殿下、恐れ多くも私からの進言をお許し下さい」

　アンネは神妙な面持ちを作り、レイフォードを諭しにかかる。

「これから他国の姫を迎えるのにそのような事をされては、大国イルマスを軽んじているとして国家間に要らぬ諍いが生まれます。……私を愛妾にしてもいい事は何一つありません」

　ここはしっかり、大人としての意見を言わねば……決して保身などではない。

　レイフォードはアンネの意見を聞いて、ニヤリと口角を上げた。

「次代の王から愛妾にと言われたら、普通は喜ぶところだぞ？」

　レイフォードは、悪戯っぽく目を細めながらワインを飲んでいる。

（あ、これ私の反応試しただけか。なんだ、びっくりした）

「……しかしエランド卿の言う通りだな。その知識量と、俺に対して忌憚のない意見を述べられる奴は男でもそういない」

レイフォードは残りのワインをグイッと全て飲み切ると、こちらを見透かすような目で見てきた。

「それに、最近は夜毎グランドール子爵と侍従で何やら面白そうなもので遊んでいるのだろう？」

「っ!?　凄い情報網ですね……」

（双六盤の事かな？　こ、こわー！）

双六盤の事は、当たり前だが誰にも話していない。万が一、救済院にあるのを見られていたとしても、夜毎遊んでいると言う情報は一体何処から探ったのか。

「アンネは叩けば叩くほど埃が出るな……もちろん良い意味でだが。本当に、前侯爵がよく上手く隠していたものだ。……だが貴重な人材は他国に渡られたら困る。自国に囲い留めておかねばならない」

そこまで言うと、先ほどの笑いを引っ込めて真っ直ぐアンネを見てくる。その顔は十五歳の青年ではなく、未来の国を背負う為政者の姿だった。

「本来なら、それなりの家格の貴族と再婚でもしてくれればと思っていたのだが、要らぬ噂のせいでだいぶ候補が絞られてしまう。もしグランドール兄弟どちらかと再婚するのなら、それが一番いいかもしれんが……」

「え、いやいや。お二人にも選ぶ権利がございますし……」

いくら何でも父親の後添いだった上に、決して若くもないアンネを娶らねばならないなどエリオット達が不憫すぎる。

「アンネ……そんなデカい石ぶら下げておいて、何も感じないとか……そっちの方がどうかと思うぞ？」

レイフォードは、アンネを非常に残念な子を見る目で見てきた。とても心外である。

「いや、これはそういうのではなくて……」

「あと先ほどのアンネの懸念事項だが、既に姫側には話をしてある。イルマスの王族は常に側室愛妾合わせて十人以上居るらしいから、特に気にしないそうだ。逆に一人でいいのか驚かれたぞ」

……え。

「アンネが誰も選ばないなら、俺が貰う。アンネからすれば父王の方がいいだろうが、母上は悋気(りんき)が強くてな」

(えーと……よくない流れだぞこれは。処女のくせに閨指南した罪って、何になるんだろうか)

レイフォードは、アンネがかなりの戸惑いを見せているのを読み取り、柔らかく微笑んだ。

「まぁ、そう気負うな。そういう選択肢もあると言う事だ。返事はまだ急がない、ただ考えておいてくれ」

レイフォードがそこまで言うと、隣にいたトレビスが不意に会場を見回した。

「……アンネ様。グランドール子爵がいなくなっていますが、大丈夫ですか？」

「！」

(しまった！　今日の参加者リストには、バードリー夫人がいたはずっ！)

オリバーのあの運の悪さだと、一人の時に夫人とエンカウントしてしまう可能性が非常に高い。

「申しわけございません、殿下。オリバー様が絡まれていたら大変なので、探しに行きます！　恐縮ですが、御前を失礼させて頂いてもよろしいでしょうか？」

レイフォードはアンネの言葉を聞いて瞠目(どうもく)した後、吹き出して笑った。

「それは、女が言う台詞ではないな。夜会で女性が一人で彷徨くのはよくない。俺達も一緒に探そう」

そうして中庭を捜索していたら、やはり夫人にまんまと絡まれているオリバーを発見したのだった。


レイフォードは、死角になる場所からアンネと夫人のやり取りを観察していた。

アンネが先ほど言っていた『オリバーが絡まれたら困る』と言うのは言葉のあやかと思っていたが、本当に絡まれていて驚いた。レイフォードはこの状況を見ていて、以前ウィルから聞いていたグランドール兄弟にまつわる眉唾物(まゆつばもの)の情報に真実味が帯びたと思った。

『十三年前に弟が兄と偽って、閨指南をバードリー夫人から受け性病を患(わずら)った。そこから二人共、女性恐怖症になったらしい』

レイフォードは、初めにこれを聞いた時はあまり信じていなかった。グランドール領は他領に比べても、代々の領主が非常に優れており、豊かな領地だ。しかも兄弟二人共見目が良い事もあり、妬(ねた)みからの噂や嘘は非常に多かった。噂の中には、エリオットとオリバーが結婚していない事につけ込んだ酷いものもあった。

調べたのはウィルの調査機関で、グランドール家を昔に担当していた老医者からの割と信用のできる情報だったが、真実を知る術がない以上面白い噂話の一つとして聞いていたのだ。

アンネが今日エスコート役として連れてきたオリバーを見た時、兄弟でこんなに似るものかと感心した。

エリオットよりも柔和に見える顔付きで、取り入りやすいのか女達が常に群がっており、それに慣れているのかうまく対応している。しかし巧みな距離の保ち方で一定以上踏み込ませない様子であり、本当に女が苦手なんだなというのが見てとれた。

しかしいくら苦手とは言え、成人男性がただの女性に対してあんなに怯えるなどあり得ない。見たところ夫人はオリバーに触れてもいなかった。

そんな事を考えていると、そろそろ隣にいるトレビスがそわそわと落ち着かなくなりだしたので、頃合いかと仲裁に入る事にした。


オリバーはアンネが自分を『大切な家族』と言い、矢面に立って必死に守ってくれている事にかなり心を揺さぶられていた。

今まで、自分の家族は母が死んでからは兄のエリオットのみだった。

父とはそれまでも深い交流があったわけではないが、母が亡くなり後添いを迎えてからは特に本邸には戻らなくなり、早々に自分達に爵位を譲ると年に数回会う程度だった。

たまに前侯爵として領地の視察に行った後の報告を、エリオットと共に聞くくらいしか父と話す事もなかったのだ。

オリバーも、何となく仲睦まじく過ごしていると思っていた母の喪が明けて、一年ですぐ後添いを迎えた父を厭い避けていた節もある。アンネに初めて会った時も本人自身に嫌悪感は湧かなかったが、特段仲良く過ごそうとは思わなかった。

現状、女性に守られている男と言う情けなさの極みのような状況ではあるが、アンネのおかげでだいぶ落ち着いてきた。

（いつまでも、囚われていてはいけないな）

オリバーはアンネの肩に手を置き、バードリー夫人に向き直る。

「バードリー夫人、私ごときにお心を砕いてくださりありがとうございます。私の指南の方はアンネと共に、密に進めておりますので、御心配頂く必要はございません。お心遣い、深く感謝致します」

月明かりに照らされる薔薇園で、オリバーは恭しく腰をおって夫人に対して礼をとった。

「私を心配する余りの、アンネのバードリー侯爵夫人に対する非礼。重ねて深くお詫び申し上げます」

身分的には、侯爵夫人のバードリー夫人がこの中では一番立場が上だ。オリバーの詫びの言葉につけ込んで、夫人が何か言うより先に、いつから見ていたのかレイフォード殿下が現れた。

「グランドール子爵からバードリー侯爵夫人への詫び、この俺がしかと見届けた。……夫人も俺に免じて、矛を収めてはくれないだろうか？」

夫人を尊重し、尋ねてはいるものの、王族として有無を言わさぬ気迫に彼女はたじろいでいる。

「……畏まりました。御前でお騒がせしてしまい申しわけございません。……失礼致します」

バードリー夫人は悔しそうに歯噛みして、去っていった。

殿下達に礼を言い、体調が良くないのでこのまま帰る旨を伝えて、馬車へ乗り込み本邸へと向かった。

「オリバー様……大丈夫ですか？」

アンネが心配そうに見上げてくる。

「さっきは……ごめん」

弱っているからなのか、自分とは思えないほど素直な言葉が出た。しかしその直後、馬車の揺れから気持ち悪さがピークになり馬車内で少し吐いてしまった。食事をしていなかったので、出たのは酒だったがアンネのドレスの裾にも少しかかってしまい青褪める。

「うわ……ごめん……！」

アンネは全く気にした様子もなく「救済院で慣れてるんで全然平気ですよー」と言いながら、テキパキと片付けてくれた。

「取りあえず、このハンカチを使ってください。まだ吐けますか？　馬車、止めますけど……」

「いや……大丈夫。ハンカチ、借りるね」

アンネから借りたハンカチは、とても嗅ぎ慣れたいい匂いがした。

まるで……まるで、エリオットの匂い……。

ハンカチの刺繍を見ると、それはエリオットのハンカチだった。

「アンネ、これ兄さんのじゃ……」

「私のハンカチ、さっき飲み物をこぼした際に片付けるのに使っちゃいまして……それ、洗ってから返そうと思ってそのまま忘れていたんで、汚しても大丈夫ですよ！」

（使用済みかよっ！）

「ああっ！　でもちょっと涙拭（ふ）いたくらいなんで、元々あんまり汚れてませんっ！　大丈夫です」

　オリバーの呆れ果てた顔を読み取ってアンネは言いわけをするが、もう突っ込む気も起きずそのまま寝たのだった。


　あの夜会から二日が経った。

　昨日はオリバーの体調があまり良くなかったらしく（多分二日酔い）、アンネは久々に長い安眠を手に入れ、爽快（そうかい）に目覚める事が出来た。

　アンネは本邸では日中やる事が少ないので、エリオットから命じられていたポラリス神話の貴族用語の予習か、ゴロゴロしているか、救済院で使っている本の修繕（しゅうぜん）や写本をして過ごしていた。

　ポラリス神話の貴族用語は一人で勉強しても全然頭に入ってこない。ただ愛女神プリメリーニアだけは、その意味を調べて衝撃を受けた。

（……シモンズめ……）

　アンネは生徒の一人の顔を思い出していた。可愛い顔をしてとんでもない事を言ってたのか。真剣に返して損した気分である。これは本当に気合いを入れて勉強しないとまずい。もう領地内の別邸に引っ込んでいる生活はしばらく出来ない。姫への閨指南前に、まずはアンネがエリオットからの教示を受けたい。

その日の夕食後。

アンネの湯浴みの後に、エリオット帰還の知らせが届いた。『この後話したい事がある』と、エリオットからの伝言がクロウからあったため、執務室へ向かう。

予定よりもだいぶ押しての帰還だったが、無事に帰ってこられたようで良かった。真面目なエリオットらしく、重たいのにわざわざ倉庫の本を数冊持って帰ってくれたらしい。どんな本か、アンネはとても楽しみにしていた。

いつもはこれからオリバーの無限ゲーム大会が開催されるので、エリオットが帰って来てくれて本当に助かったとアンネは心底思っていた。

一方オリバーは、昨日は強烈な頭痛と吐き気に襲われており、一日中何も出来なかった。恐らく酒を飲みすぎたせいと、夫人に絡まれたせいだ。自分の精神的な弱さに腹が立つ。

今日はもうすっかり回復しており、昨日の分の仕事もまとめて終わらせた後、早速ゲームに興じようかと思っていたところにエリオット帰還の報告が届く。

帰還がだいぶ遅れている事で、橋の崩落は想定よりも酷かったのだろうと想像がついていた。後で報告を聞いて、情報を共有しようと思っていた時に私室をノックされ、エリオットが入ってきた。

久々に見るエリオットはかなり窶れており生気が全く感じられず、オリバーはかける言葉がすぐに出なかった。

「……に、兄さん？　おかえり……橋の崩落、そんなに酷かったの？」

「……いや……まぁ、それもあるが……」

オリバーはエリオットの歯切れの悪い台詞で、想定外の重大な何かが起こったのだと理解した。

「兄さん、一体何が……」

「オリバー、お前にも関係のある事だ。後で執務室へ来い」

「……わかった。後で行く」

オリバーは一瞬、アンネを連日夜更かしさせてゲームをしていた事がバレたのかと思った。しかし、エリオットの様子からそんなものでは済まないような、鬼気迫るものを感じたのだった。

アンネが執務室に入ると、照明が暗いのか明らかに光量が足りない気がした。……が、それは間違いで目の前にいる男が発する禍々しい黒い空気により、そう感じさせられているようだ。眼窩が落ち窪んだその様は生気を感じず、髪の毛は常なら後ろへ綺麗に撫でつけているが、今は無造作にところどころ落ちている。いつもきっちりしているエリオットらしくない。

幽鬼のようなその姿に、アンネは悲鳴をあげそうになった。

そのすぐ後にオリバーが来たので『エリオット、どうしたの!?』とジェスチャーで聞いてみたが、オリバーも首を横に振る。彼も事情を知らないようだ。

憔悴し切った様子のエリオットに、アンネは不気味さよりも段々と心配になってきた。

「あの……エリオット様？　その……えーと、大丈夫ですか？」

「……」

「もしかして橋、駄目になっていましたか？　予想より、酷かったとか？」

「いや……まぁ、確かに酷かったが……対処できないほどではなかった……」

「そ、そうですか」

「…………」

「まさか！　紙の資料がなかった、とか？」

「……いや、もう閣下に渡してきた……」

「そ、そうですか。良かったです……」

「…………」

（え……っ!?　何これっ！　この空気どうしよう……）

この空気を打開する手立てが全く思いつかずお手上げ状態になり、アンネとオリバーは静かにエリオットの出方を待つことにした。

そしてややしばらくの間があって、やっとエリオットが口を開いた。

「アンネ……嘘を吐かず、正直に答えてくれるか？」

エリオットから名指しで突然呼ばれ、アンネはビクリと肩を揺らした。

「!!　……えっ!?　はい、もちろんです」

アンネがそう答えると、エリオットは沈痛な面持ちで頷いた。

そしてエリオットは鞄から黒い年季の入った手帳と、無理やり破ったような、少しクシャクシャになった紙を数枚取り出し、テーブルの上に置いた。

「これは、生前の父の手帳だ。紙の資料の近くの木箱に、ゴミとして入れられていたものを持って帰ってきた」

その手帳は、アンネも見覚えがあった。

フリードが改良した紙の端の部分や、失敗した紙を集めて自分の手帳として使っていたので印象的だった。

「あら、懐かしいですね」

アンネは亡きフリードに思いを馳せて微笑むと、逆にエリオットは苦い顔になった。

「……単刀直入に聞こう。アンネ、君は俺達の実妹なんだな？」

「えっ⁉」

エリオットの余りの気迫と、予想外過ぎる決めつけの質問に対してアンネも一瞬混乱した。

（……あれ⁉　私ってフリード様の娘だったっけ？　昔からそうだったらいいのに、と妄想しすぎてまさか現実に⁉）

つい浮かれそうになってパッと正面を見ると、フリードに似た麗しい顔の兄弟がおり、そんなわけなかったと急激に熱が冷めた。

「……いやいや。エリオット様、全然違いますけど。私お二人に、全く似ていないじゃありませんか」

「……似ていない兄妹など、ごまんといる」

　エリオットは、まだアンネを実の妹と信じて疑っていない。

（どうしてそうなった……）

　アンネはやれやれと呆れた気持ちでエリオットを見た。

「手帳に何か書いてあったんですか？　誠に残念ながら、私の実父はフリード様のような立派な方ではなく、博打（ばくち）で身を持ち崩すような人間なのですけど……」

「では父の書いたこの『わけあって本当の夫婦になれない』というのはどういう意味だ？」

　瞳に未だ生気はないものの、エリオットの気迫は常の三倍以上あり、アンネがひた隠しにしていた真実の、核心に迫る質問をしてくる。

「!!　……そ、それは」

　アンネは返答に窮（きゅう）した。狼狽（うろた）えるアンネのその様子を見て、エリオットはより自身の考えに確信を深めたようだ。ガクリと頭を項垂（うなだ）れてしまい、深い絶望が見える。

「やはり、そうなのか……。アンネにとっては言い辛い事かも知れないが、だいぶ後に書いてある『彼女は前後不覚になるほど酔うといい歌声で歌う』というのは、まさか……実の娘と、父とが……その……そういう仲に……」

　よく見るとエリオットの手が、わなわなと震えている。

「えっ!?　いやいや、違います!!　記憶がないんですけど私、飲み過ぎると歌っちゃうみたいで」

　アンネ自身は記憶にないが、前世の歌なのか異国の歌を歌う癖があるらしいと、前に笑いながらフリードに言われたのを思い出した。流石のアンネも、この世界の他国の歌まではわからない。
しかし、エリオットの悲壮な顔は全く晴れない。瞳の色は悲哀なのか、心なしか昏く濁って見える。

「……なんと、健気な……」

それどころかアンネが必死に言い募った言葉は、エリオットに違う捉え方をされたようだ。

エリオットはスッと立ち上がりアンネのすぐ横に座ると、突然ギュウッと抱きしめてきた。エリオットの突飛な行動故に、いきなりゼロ距離になる。

これにはアンネも、それまで静観していたオリバーも呆気に取られた。

「……俺とオリバーの父だからと言って、アンネが庇う必要はないんだ。辛かっただろう？　今まで気付かず申しわけなかった……！　父の、鬼のような所業を許してくれとは到底言えないが……グランドールの名に掛けて、これから誠心誠意を持って、今以上に君に尽くすと誓う」

ヤバイ。

「この『秘密の夫を持つように勧めたが断られた』とも書いてあるが……これがもし、アンネの同意なく不埒な事をしようとしてたのだとしたら、俺は父を殺さなくてはいけなかったかも知れん」

ヤバイヤバイヤバイ!!

「父は酔って、前後不覚になった君に無体を働いたんだろう!?」

あのエリオットが、想像上のアンネの境遇のせいで闇落ち寸前まで追い詰められている。

そしてアンネも、もう耐えきれなかった。フリードはアンネにとって恩人だった。この世界で実

の家族に恵まれなかった自分にとって、唯一の存在だったのだから。

「ち、違う!!! 違うんです……っ!! フリード様は……フリード様は、勃起不全だったんですっ!!!」

一瞬にして、シンっと室内が静まった。

「…………ぼっきふぜん?」

エリオットとオリバーのハモった声が、室内に虚しく響き渡る。その後、かなり長い時間沈黙が落ちた。エリオットは、アンネを抱きしめたままで固まっている。

アンネはついに言ってしまった自分とフリードの秘密に、今更ながら青褪めていた。しかし、死後に息子達にかなりヤバめのド変態野郎と誤解されるよりは、絶対に真実を話した方がいい。と言うか、アンネ自身が嫌だった。

深淵まで落ちかけていたエリオットより、先に意識を取り戻したオリバーは、ハッとしたようにアンネに向き直った。

「……え!? 勃起不全って、いつから?」

アンネは考えた。ここで下手な嘘を吐いて、また変な誤解をされても困る。アンネは、即席で作る嘘がとても苦手なのだ。この二人には聞かれた事は正直に話す事に決めた。

「結婚した時には、既に……」

「はぁ!?」

エリオットは抱きしめていたアンネを少し離し、こちらの真偽を探る姿勢になる。オリバーからはさらに突っ込んだ質問が飛ぶ。

「……え、いや。だって、父とは九年間一緒にいたんだよね？　その間、一度も？」

「……はい」

やっと持ち直したエリオットは、鋭い目でアンネに尋ねた。

「アンネ……すまないが、父上との出会いから順に聞かせて貰えないだろうか」

覚悟を決めたアンネは訥々とフリードとの出会いを語り始める。

フリードと初めて出会ったのは、アンネが十五歳になったばかりの頃だった。いつものように集いを抜け出し、本教会近くの馴染みの古本屋へ行った時だ。

その頃には、父の借金は既にとても返し切れるような額ではなくなっていた。アンネの父親はとにかく金持ちにアンネを売りつける算段をしていたのだが、とうとうアンネが成人すると同時にある商会の老会頭の十二番目の愛妾として嫁ぐ事が決まってしまっていた。

そこの老会頭とは二年前に一度顔合わせをさせられており、その時まだ嫁ぐとも決まっていないアンネの体を不躾に服の上から触りまくり、酷い口臭をさせながら口づけまでせがんできたので、アンネは恐慌状態に陥ってしまった。

その時は何とか難を逃れたが、拒否した時に浴びせられた老人からの暴言が恐ろしく、そこに嫁ぐのが心底嫌で堪らなかった。何とか他国へ逃げる算段をつけるためにも、より一層アンネはイルマス語の習得に励んだ。

その上、父が金を借りていた金貸しはその界隈でも評判が悪く、アンネは古本屋の帰りに待ち伏せされて誘拐される寸前だった。そこをたまたまヒルデの喪明けの報告の帰りに、ついでに古本屋へ立ち寄ったフリードに助けてもらったのだ。

　フリードはアンネが持っていた古いイルマス単語集を見て感心し、さらにアンネが話せると聞いて驚いた。それまで大人から褒められる事の少なかったアンネは、調子に乗ってこの世界でまだ確立していない計算式、円グラフ、物語を次々とフリードにしたり顔で教えた。

　アンネのあまりの知識量にフリードは驚愕し、さぞや良い所の貴族の娘かと思いきや貧乏子爵家の四女と聞いては再度驚き、家庭教師ももうその時は金がなさ過ぎて雇えていないと聞くと、最早言葉すら失っていたほどだった。

　アンネは久々に話すまともな大人にすっかり心を開いてしまい、なぜこんな知識を有(ゆう)しているのか聞かれた時に、前世の記憶がある事をぺらぺらと話してしまっていた。

　そこからフリードは、アンネの集いのある日は必ずそこの古本屋へ来るようになった。アンネには手が出ないようなイルマスの本を買ってくれて教えてくれたり、アンネから得た知識を対価としてお金をくれたりした。

　最初お金を貰った時にアンネは申しわけなくて返そうとしたが、必要な時に先立つものがないと困ると言われ、それもそうかと思いありがたく貰っておいた。それからアンネのデビューまでの一年近く、フリードとそんな穏やかな親交が続いた。実の父よりもフリードの方がよほど父親らしく、アンネはどんどん懐いていった。

デビューの日が近づき、アンネはフリードに父が決めた老人の十二番目の愛妾として嫁ぐので、そろそろ会えなくなる旨を伝えた。

それまでなんとなく貴族なんだろうなぁ、とは思いながらもアンネはフリードの家名も爵位も聞いていなかった。

しかし急にグランドール侯爵と名乗り、三日後に『侯爵として子爵に会う』と父に伝えてほしいと言われて、あれよあれよと言う間にフリードの後添いとしての道が拓(ひら)けていった。

父の借金も全てフリードが支払い、会頭には貴族と言う立場を使いアンネへの申し出も退(しりぞ)けてくれた。それからはアンネはフリードと共に、とても穏やかな日々を手に入れたのだった。

フリードはアンネを後添いに迎える前に言っていた。

『君に新しい家族を作る事は僕には難しい。ただ、息子達に爵位を譲ったので、私がこれからは君の側にいる』

アンネはそうして、救済院の子供達を自分とフリードとの子供に見立てて、世話に勤(いそ)しんでいた。

フリードはアンネと出会う三年前から、既に勃(た)ちが悪くなっていたらしく、もう最近では全く機能しないと少し照れながら教えてくれた。アンネはフリードと一緒に暮らしていくうちに、フリードの食生活について知ることになった。

いつも甘い物を食べるのをとても楽しみにしており、前妻との思い出のある砂糖菓子について話されていた事もあって、無理に止める事はとても出来なかった。あまりしつこくしてフリードに嫌われるのが怖かったし、それが本当の原因かどうかも不明だったため、軽く注意するのに留めておいたのである。

フリードに対してのそれは恋や愛と言うものより、どちらかというと家族の親愛に近いものだった。

しかしアンネ自身に抵抗感はなかったので、結婚した直後に何度かムードもへったくれもなく『ちょっと試してみませんかね？』と言って試してみた事もある。……が、結果はやはり少しも勃ちあがる事はなく、気まずい空気が流れるのみだったので諦めて、気が付けば九年の時が経っていた。

そもそもアンネはフリードから『新しい家族を作れない』と言われたが、前世に妊娠出産子育てをほぼ一人でこなしていたので、その大変さは十分に理解していた。それに医療の発達が前世に比べて遅れているこの世界で、出産するとか怖すぎる。それ以上に、折角産まれた子供を失うリスクが高いのも嫌だった。途中で失うくらいなら初めから、作らないのもありなのかもしれないと思ったのだった。

◆　◆　◆

エリオットはアンネの話を聞いて酷く混乱していたが、相変わらず彼の表情筋は仕事をしないので厳しい顔のままで固まっていた。オリバーが呆れたように「そろそろ離れたら？」と言ってきたので、そういえば抱きしめたままだったと思い、慌てて元の位置へ戻ったのだった。

働かない頭を動かすためにも、余りにも窶れている自分を気遣って、クロウが持ってきてくれていた砂糖菓子でも一つ食べようと手を伸ばした。

「……その前世の記憶とやらで、原因ってわからなかったの？」

「まぁ、単純に私の魅力が全くなかった可能性が高いですけど」

「「いや、それはない」」

自虐的に言われた言葉が少し痛々しく感じて、即座に否定したらオリバーと言葉が被(かぶ)った。

(俺がいない間に随分と距離が近くなっている……)

多少焦(じ)れた気持ちが湧いたが、今はそれどころじゃない。

アンネは二人の余りの否定の速さに、目をパチパチさせたが少し嬉しそうに微笑んだ。

「……もしかしたらなんですけど、糖分の取りすぎで患う『糖尿病』だったんじゃないかなって……医者じゃないんで、確実ではないですけど。症状的にそうだと思います」

エリオットは、食べかけていた砂糖菓子をそっと元に戻した。そしてなるべく自然に、すぐそばにあったフリードのメモ紙を手に取った。

「……では、この『秘密の夫を持つように勧めたが断られた』というのは……」

「結婚した直後に試してみて、やっぱりだめそうだったので、フリード様が不憫に思ったみたいで。もし私に想う相手が出来て、その人との間に万が一子供が出来たら爵位はあげられないけど、決して生活には困らせないと言ってくださったんです……丁重(ていちょう)にお断りしましたけど」

「なるほど……」

いまさらながら、父の深い愛情には脱帽の思いだ。

エリオットが一人感傷に浸っていると、アンネが思い詰めた表情で顔を上げた。

「えーと、とにかくフリード様との事は私も全て納得済みだったんで、大丈夫なんですっ！　逆に問題はこれからで……お二人に全て話したのも、是非お知恵をお借りしたくて」

　エリオットとオリバーは、ハッとした。

（そうだった……）

「イルマスの姫への閨指南、どうしましょー……」

（もし、経験もないのに閨指南をしたとバレたらどうなるんだ？　不敬罪？　詐欺罪？　わ、わからんっ！　前例がない）

　三人は頭を抱え、必死に対策を考える。

「取り敢えず……さ。前に言ってたように処女の作法については、閣下に助言を仰いだ方がいいんじゃないかな？」

「そ、そうだな。今日資料を届けた際に『三日後に正式にアンネに依頼するため、登城するようにと伝えて欲しい』との事だったから……その時に忘れたふりをして、聞いた方が良いのではないか？」

「そ、そうですねっ！」

　エリオットは、こんな質問をされるであろうウィルに同情した。こうしてへっぽこ三人組で姫への閨指南へ備える事になったのだった。

この日はもう夜も遅かったので、ある程度話を聞いた後はアンネを先に部屋へ帰し、今後についてオリバーと二人で話し合う事にした。

実はエリオットは混乱しながらも、とても安堵していた。

(亡き父は、やはり尊敬できる人物だったのだ……)

ここ数日、自分の知っている父との乖離に悩まされていたエリオットにとって、アンネが父との秘密を打ち明け誤解を解いてくれた事に深く感謝した。

アンネが居なくなって二人きりになったので、向かい合わせに座り直す。

「兄さんは、アンネの話どう思う？」

情報を未だ処理し切れていないのか、オリバーが難しい顔をしたまま話しかけて来た。

「正直、信じられないとしか言えないが。父上との事は……まぁ、納得した。メモの意味も繋がる。前世の話は、確かにあの突飛な発想と知識は、この国の環境では育たないだろうから信じられる話ではある」

「僕は、あの話を聞いて納得できる部分が多かったんだ。兄さんがいなかった間にアンネが持ってきたゲームがあるんだけど、それも多分前世から得た知識で作ったんだと思う……ちょっと見てほしい」

エリオットは、あのオリバーがアンネの突拍子もない話を信じた事を意外だと思っていた。オリバーはクロウを呼び、自室からゲームを持ってきてもらう。クロウがリバーシやバランスブロック、双六盤等を持って来た。
「これは、アンネが面倒を見ていた救済院の玩具として普通に置いてあるそうなんだ」

「……これは、すごいな」

パッと見ただけでも、どれも今まで見た事のない物だった。ボードゲームであれば卓上遊戯盤はわかるが、あれはとてもではないが万人受けするような代物ではない。

オリバーが熱くルールを説明しそうになるのを制して、話を戻した。

「……これは多分もう、閣下達に存在が知られている。これを作ったアンネの囲い込みにかかるだろう。もうすでに動いているかも知れない。ましてや、前世とやらの記憶がバレれば、どのように利用されるかわからん」

クロウから最近雇った使用人が、どうやら閣下の調査機関の一人だったらしいと聞いている。全く、油断ならない。今までは別にいくら調べられようがなんて事はなかったが、これからはそうはいかないだろう。エリオットが考えを巡らせていると、オリバーが真剣な顔をして口を開いた。

「兄さんは……父さんがアンネを養女にしなかったのは、何でだと思う？」

「それは、色々考えられるが……」

エリオットは、アンネを養女に迎え入れていた場合を考えた。

「まずは、養女にするとグランドール領と繋ぎを付けたい色んな輩がアンネに群がってくる事になる。縁談も男の比じゃないぐらいに来ただろう。そうなるとアンネを守るのは難しい。一番良かったのは俺達のどちらかと結婚させる事だったんだろうが、情けない事にその頃は俺もお前も自分の事で精一杯で、とてもじゃないが無理だったと思う」

アンネが十六歳の時はエリオットが十九歳、オリバーは十八歳だ。その頃は右を向いても左を向いても縁談縁談で断るのも一苦労だった。これは父が急に、爵位を自分達に譲ると言い出したせいもあるのだが、聞いた事もない親戚(しんせき)が湧いて出て、時には無理にでも既成事実を作ろうとする令嬢までいた。そのせいでますます女性不信に陥ったものだ。

「あとは、この『要らぬ誤解を招いては死んだヒルデにも申しわけが立たない』の部分で推測するに、もちろん相続の事もあるだろうが、母との生活の中に少しの不貞の疑いも許せなかったんじゃないか？　それがたとえ、噂だけだったとしても」

歳が近いエリオット達の妹としてアンネが来たら、周囲は『夫を満足させられず、外に子供まで作られた妻』として、死んだ母にまであらぬ噂を立てるかも知れない。父の後添いであれば、その心配はないだろう。

オリバーは、特に母に対する思い入れが深い。恐らくアンネが養女として来た場合に、その辺の疑心暗鬼から事態が悪化した可能性もある。オリバーは自分の中でもこの答えは大体予測していたのだろうが、あえてエリオットに確認する意味で聞いたのだろう。情報を整理した上でガクリと項垂れた。表情は見えないが、思うところがあるのだろう。

「だからオリバー。父上の代わりに、今度は俺達がアンネを守ろう」

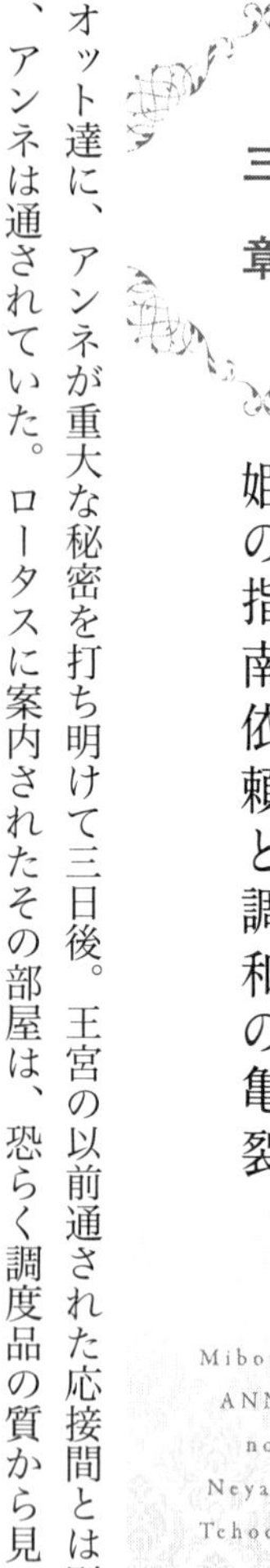

三章　姫の指南依頼と調和の亀裂

　エリオット達に、アンネが重大な秘密を打ち明けて三日後。王宮の以前通された応接間とは別の部屋に、アンネは通されていた。ロータスに案内されたその部屋は、恐らく調度品の質から見てウィルの執務室なのだろう。

　ウィルの性格通り、余計な装飾を一切排除し合理性を重視した部屋だった。重厚な執務机と対(つい)の椅子、一目で高級とわかるソファとローテーブル。アンネをもてなすためか、部屋の雰囲気に少々似つかわしくない可愛(かわい)らしいお茶菓子と紅茶が今はテーブルの上に置いてある。

「……ん？　アンネ、済まないがもう一度言ってもらえないかな？　最近、耳の調子が悪いようで」

　そこでアンネから切り出された話に、ウィルは流石(さすが)に聞き間違いであろうと、聞き返した。このうら若き婦人から自分に対して問われた内容があんまりなものだったので、脳が拒否したとは思いたくない。

「まぁ、閣下(かっか)。私ごときが心配する必要などないのでしょうが、耳は血の巡りが原因で聞き取りが悪くなると聞いた事がございますから、あまり味の濃い物を召されますとお体に障(さわ)りますわ」

アンネは見当違いな事を言ってくるが、問題はそこではない。

「え、いや……ああ、心配してくれて感謝する。それで、さっき私に聞きたい事というのを聞き逃したのだが……悪いが、もう一度言って貰えないかな？」

アンネは神妙な顔になって、ウィルに向き直った。

「閣下……このような事、ご教示頂くのは大変心苦しいのですが……閣下しかいないのですっ！　この国の処女のお作法などがあれば教えてください！　そうでなくては、とてもこのお話受ける事は出来ません」

アンネは羞恥からなのか、少し顔を赤く染めてこちらに聞いて来た。

（やはり、聞き間違いではなかったのか……）

今日は防音性の優れている自分の執務室へ通したが、正解だったようだと思いウィルは遠い目をしたのだった。

◆◆◆

アンネの閨指南最終日に、レイフォード達が娼館を見学したいと言った時、ウィルは当然ながら反対した。しかし、普段我儘を言わないレイフォード殿下や騎士団長の息子のトレビスに押し切られ、皆で出かける学生時代の思い出の一つで、二度とない機会なのだろうと思い、渋々許可を出した。

ウィルは自身の三人目の子供を産まれてまもなく亡くしており、もし健在であったならレイフォード殿下と同い年であった事から、ついつい甘くなりがちだった。長男は既に成人しており貴族学校を卒業し、王城で文官として勤めている。二人目は娘で成人と同時に嫁(とつ)いで久しい。しかし、妻とは次男の死の事で少々ぎこちない関係になってしまっていた。元々政略上の婚姻(こんいん)だったこともあり、心寂しい気持ちではあったものの仕方のない事だと諦(あきら)めていた。

アンネのトラアールの噂(うわさ)が流れた時に真っ先に調査機関を動かし、グランドール家を探らせた。他の貴族達が、グランドール領ばかり目にかけているのを面白くなく思っているのは知っていたし、煩(うるさ)くなる前に手を打ちたかったのだ。

エリオットが領地の橋の修繕(しゅうぜん)と紙の資料捜索のため、長期不在になった際に、何やらアンネが侍従とオリバーと夜な夜な遊びに興じているようだと聞いた時は、まさか本当に？　と軽く衝撃を受けた。もし本当に淫行(いんこう)に耽(ふけ)っているようであれば、姫の閨指南役は考え直さねばならないかも知れないとも思っていた。

自国の人間ならそこまで気にすることもないのだが、国力が上の他国の王族相手にあまりにも身持の悪い者を接触させるのは憚(はばか)られる。詳しい情報を知ったのは、オリバーとアンネが夜会へと出掛けた夜に私室を探らせた時に見つけたゲームの存在だった。

以前、救済院を視察した時にも見つけていたそれは、ご丁寧(ていねい)にルールブックと一緒に置いてあり、内容を聞いただけでもとても素晴らしいものだった。どうやら、オリバーが無理矢理アンネと侍従を巻き込んで夜遅くまでゲームに興じていたようだ。なんとも気の抜ける内容の報告だったが、収穫は多かった。エリオットの帰還直前で潜入調査がバレそうになったため、途中で諦めて引き揚げさせたのだった。

今日はその遊戯玩具の版権について、他の二人より与し易いであろうアンネと交渉しようかと思っていたのだが、自分の想像の遥か斜め上を行くアンネにウィルは逆に心乱されていた。自分は彼女に試されているのかとも思ったが、アンネの目を見る限り、真剣そのものだ。

（しかし、なぜ私に……）

「それは、私よりもアンネの方が詳しいのではないか？　前侯爵とのやり取りをそのまま姫に伝えてくれればいいのでは？」

「閣下……もう十年も前の事なものですから、すっかり忘れてしまいまして。私の不手際ではあるのですが、万が一粗相があれば、国家間の問題になるのではと気が気ではなくて」

確かに、それはないとは言い切れない。こちらの出方を試しているわけでもなく、本当にただただ困っているようだ。

「わかった……私の妻に確認しておこう。ちなみに、姫の閨指南は三ヶ月後だ。殿下との顔合わせのために長期滞在するそうだから、その時に指南を行う」

ウィルは深くため息を吐き、久々に交わす夫婦の会話がとんでもない内容になる事を深く憂えた。

◆　◆　◆

エランド公爵邸には、本日も中庭に見事な薔薇が咲き誇っている。

この屋敷の主人からはとても想像出来ない程の華やかさで、見る者の目を楽しませる。これは全て、女主人であるアリーシャ・エランドの趣向であり、そこに設置されている東屋でお茶を飲むのが、アリーシャの一番お気に入りの時間だ。

「……えっ、あなた？　あの、ごめんなさい、もう一度おっしゃってくださる？　嫌だわ、私ったら耳が悪くなったのかしら……」

アリーシャは自分の聞き間違いか、そうでなければ仕事に忙殺され過ぎて、とうとう精神に異常をきたしてしまったのかと目の前にいる壮年の男性を見た。


先ほどまでアリーシャは、いつも仕事仕事で家を空けているウィルの執務室への呼び出しを無視して、東屋でお茶を優雅に飲んでいた。今日は何を思ったのか早く帰ってきて早々、アリーシャを呼びに執事を遣してきた。だが、たまーーに帰って来る人のために、アリーシャの普段の日課を崩されるわけにはいかないのだ。

大体、あの執務室は優雅さの欠片もなくて気が滅入る。行きたくない。用事があるのなら、本人が直接ここに来ればいい。まぁ、そんな合理的じゃない事を、彼がするとは思えないが。

娘が嫁いでしまってからというもの、話し相手もいなく無為な毎日を過ごしている。このまま老いていくのかと漠然とした虚無感を抱えていたが、全て投げ出すほど辛くもない。

少々感傷的な気分に浸っていると、邸内から誰かがこちらに歩いて来た。昔から、腹の立つくらい変わらないスタイルを維持し、ダークグレーの髪をキッチリ後ろへ流し、厳しい顔をした男性がこちらへ来るのが見えた。

（あら、珍しい）

「アリーシャ……何故、執務室へ来ないんだ……」

呆れたような、ガッカリしたような声を出して、ウィルがアリーシャへ詰め寄った。

「あら、あなたに家族よりも大事なお仕事があるように、私にも日々の大切な日課がございますの。このお茶を飲み終わって、お茶菓子を食べて、お花を堪能してから執務室に伺いますわ。お戻りになって、お待ちになって」

ツーンとしたままアリーシャは答えて、お茶を飲む手を止めない。はぁ……と、長いため息がウィルから発せられた。

（何よ何よ。普段全然顔を合わせないくせに、私が我儘みたいに……）

てっきりすぐ執務室に戻るのだろうと思っていたが、意外にもウィルはアリーシャの向かい側に座り、メイドにお茶をサーブさせ人払いした。

（余程、急ぎの用事だったのかしら……）

アリーシャに心当たりはないが、何かあったのだろうか。ウィルは落ち着かない様子で、お茶を二口、三口飲んでから決心したように、明るい灰色の目でこちらを見つめて来た。

（こんな昼間に向かいあったのは、いつ以来かしら）

「アリーシャ。大変申しわけないが、処女の作法を私に教えてくれ」

「………は？」

こんな真っ昼間にウィルにとんでもない事を頼まれ、もしかして揶揄われているのかと思ったが、この真面目を絵に画いたような彼がそんな事をするはずはない。

「ど、どうなさったの？　あなた……その、処女のお作法なんて」

「いや、三ヶ月後にイルマスの姫がこちらに顔合わせに来る予定なのだが、こちらで閨指南をする事になってな。肝心のアンネが、処女の作法を忘れたと言うので君に聞こうかと……」

（ふーん、噂のアンネ嬢ね。ここ最近、姉様が一番関心を寄せている方だわ）

ハーヴィ公爵夫人はアリーシャの姉だ。息子のトレビスが受けた閨指南に感銘を受けて、教科書を何冊も写本し、熱心に布教活動していた。アリーシャにも送って寄越してきたが、一ページも捲らず部屋に置いてある。

しかし、わざわざ自分にこんな気まずい思いをしてまで頼むよりも、娼館にでも行けばいくらでも教えてもらえるだろうに。

（……すぐ聞ける相手がいるのに、そこに行くのは合理的じゃないからかしら？）

そこまで考えて、アリーシャに少しの悪戯心が湧いた。何処までも生真面目なこの夫に呆れるやら、笑えるやら。でもこんな機会そうそうない。処女の作法は娘を嫁にやる時に、一通り学び直しているので完璧なはずだ。

「ねぇ、あなた？　私達の初夜の事、もう覚えていらっしゃらないの？」

精一杯悲しげな顔を作って、ウィルを見つめる。

「お、覚えて……いるが……正直初夜は、私も余裕がなくて……」

珍しく狼狽えているウィルが面白くて笑いを堪えていると、丁度いい感じに瞳に涙が溜まった。そのまま上目遣いにウィルを見上げる。

「ねぇ、でしたら今夜再現しましょう？」

アリーシャは、自分から誘いをかけるなど今までした事がなかったが、別に最後までする気もなかった。途中できっとお互い我に返ってしまい、白けてしまうと思ったのだ。ウィルはアリーシャの誘いを受け、軽く戸惑いを見せながらも了承してくれた。

ちょっとした悪戯が成功して、見事ウィルを狼狽えさせた事に満足したアリーシャは、早速初夜用の薔薇の砂糖菓子を一つ、使用人に用意してもらう手筈を整えた。

今夜の夜着でも選ぼうと、足取り軽く部屋へ入ってふと、姉がくれたアンネの教科書が目にはいる。そう言えばどこの夜会、お茶会でもかなり話題に上っていたなと思い出す。

興味本位でパラパラ捲ると『奉仕の仕方、され方』が載っている頁が気になり、手を止めた。ウィルとの行為はとても淡白だ。前戯などもそこそこにわりとすぐ終わる印象だったので、アリーシャ自身ウィルに奉仕などした事がなかった。

（まぁ、本当にすごい内容だわ……）

これは話題にもなるとアリーシャは納得した。

（……なるほど。歯を立てないように舌も使いながら、裏側の筋に沿って舐めあげるのが効果的……か。男性によって好みもあるので反応を見つつ……ふむふむ）

気がつけばアリーシャは、教科書を熟読していた。


夜になりウィルがアリーシャの寝室を訪れた。同衾自体、本当に久しぶりだ。まぁ、途中でお互いの興が削がれるまでだ。

「いらっしゃい、あなた。お酒は飲まれます？」

「……いや。記憶に残しておきたいので、飲まずにしよう」

心成しかウィルも、少し緊張しているようだ。

「……まずは夫婦神の名前を口にしながら、お互いにこの砂糖菓子の花弁を一枚ずつ食べさせあいます。このお菓子は初夜用の特別な物で、ごく少量の媚薬成分が含まれているので、必ずその旨をお菓子屋さんに伝えないと駄目ですよ」

アリーシャは花弁を一枚取ると、夫婦神の名を口にしながらウィルに食べさせる。躊躇いがちに口を開けるウィルに構わず、口内に花弁を押し込むと、ウィルにも同じ事をするように無言の圧をかけた。

「これを食べさせた後は深いキスをして、そのまま最後までいたすのが一連の流れですわ」

「なるほど……意外と、忘れているものなのだな」

「そうですわねぇ……はい、じゃあ深いキスをいたしましょう」

「!!　……あ、ああ」

ウィルも、まさか最後までするつもりはなかったのかもしれない。しかし、アリーシャにはアンネの教科書に載っていた性技を試してみたいという興味があった。

それさえ達成できれば、最後までしようがしまいが別にどちらでも良いのだ。

「ねぇあなた？　今晩は、私に任せてみませんか？」

そう言ってアリーシャは口にウィルのモノを咥えながら舌を使い、一生懸命吸いながら舐め上げてみた。

(……結構……難しいのね……)

歯を立てずになるべくキツく、深く舐めあげるのは容易ではない。

しかし、ウィルの今まで聞いたことのない余裕のない声や表情を窺い見る限り、決して嫌ではないのだろうと言うのが伝わってくる。むしろ余裕なく自分の名前を呼ぶ時もあり、何だか可愛い。

今までウィルを可愛いなんて思った事などなかったが、確かに可愛いのだ。

「あっあっ、アリー……！　それ、以上はっ……ああっ！」

口の中で、ビュクビュクとウィルの熱が弾けたのを感じた。

(……あら？　そう言えば、この子種はどうすればいいのかしら？)

あの教科書には、肝心な口内に出された後の処理について書いていなかった。アリーシャは折角だし、ごくんと飲んでみた。それは、とても形容し難い舌触りでドロリとしており、クセが強く独特の生臭さもあって、全く美味しい物ではなかったが、アリーシャは達成感を味わっていた。なんだかウィルを攻略したような、不思議な気持ちだ。

さて。一度出したし終わりだろうから、さっさと布団を被って寝ましょうと思った時に、肩をぐいっと力強く摑まれ後ろへと押し倒された。戸惑ってウィルを見上げると、若い時にも見た事のないようなぎらついた目をした男が自分を見下ろしていた。

「……君は、あの本を読んだな？　生憎だが、私も読んでいるんだ。折角の機会だし、どれ程あの教科書が正確なのかいま試させてもらおう」

ウィルは自分の舌や指によって、普段ツンとすましている妻がビクビクと跳ねるのを、楽しげに眺めていた。なるほど、あの教科書はとてもタメになる事がよくわかった。もう何度もアリーシャを高みへ押しやり、自分を強請らせる事ができる程に。ウィルの今までの性行為は、本当にただ子種を注いでいたに過ぎないのだなと思い、とても可愛い妻の痴態を堪能していた。

アリーシャが舌ったらずにお願い、許してと懇願し続けるまで、ウィルはアリーシャを離さなかった。

ウィルに、処女の作法をどうするか相談してから数日後。アンネはエランド邸へ招かれていた。

(流石宰相閣下だ、仕事が早い)

最近だと優秀なオカンとして覚醒しつつあるエリオットに、手土産として持たされた街で人気の焼き菓子をエランド家の使用人へと手渡し、ウィルの執務室にて作法の流れが書かれたものを受け取った。

その後に、エランド夫人からお茶に誘われたので、夫人のお気に入りだという中庭の薔薇園の東屋でお茶菓子と共に優雅にお茶を頂く。ウィルも一緒だ。この前のハーヴィ家の薔薇園とはまた趣が違った、とても華やかな空間である。美しい庭園を全身に感じて、夫人と頂く紅茶は最高級の茶葉に、サーブしてくれる使用人の腕も一流なものだからアンネは幸せな気分に浸っていた。

……エランド夫人から予想外の提案を受けるまでは。

「え？　あの、エランド夫人……もう一度おっしゃっていただけますか？　ちょっと聞き取れなくて……」

アンネが間抜けな声を上げる。

「まぁっ！　アンネ、どうか気軽にアリーシャと呼んで頂戴」

アリーシャはアンネの動揺を気にもせず、ニコニコと人のいい笑顔を向けてくる。そしてアンネの両手をそっと持ち上げ、胸の前でキュッと握って優しく言った。

「……だからね、アンネには是非ウィルの第二夫人になって頂いて、私と一緒に彼を支えていって欲しいの」

この国では貴族で第二夫人を持つ事は、別に珍しくない。名家であればあるほど、より多くの子孫を残さなければならない。医学が発達していないのもあって、出産時の母子の死亡率が高いのも一夫多妻が推奨される原因の一つだ。

社交界で後ろ指を指されるのは、正式な婚姻を結んだ相手以外との庶子がいたり、あまりにも愛妾の数が多かったりした場合だが、男性優位のこの世界ではそれもまた自分の甲斐性の一つと開き直る貴族の男も多い。しかし余りにも評判が悪いと、商売面や領地間を跨ぐ時の税などにも影響が出るので、悪い噂はないに越した事はない。

この国では第二夫人、第三夫人は自身の旦那を支える共同体であり、嫉妬するなどみっともない事だと教わる。なので悋気の強い今の王妃は珍しいくらいなのだ。王妃は元々他国の姫だったので生まれ育った文化の違いはあるのだが……。

数日前のこと。

「アンネ先生を、殿下の愛妾に!?」

（アンネが、先生呼びになっている……）

昨日の夜はアリーシャを散々啼かせてしまい、結局アリーシャが起きてきたのは昼頃だった。ウィルはやり過ぎた自覚から、珍しく休みを取って甲斐甲斐しくアリーシャの世話を焼いていた。

「ああ。だが、殿下とは年齢差もあるし、本来ならそれなりの家格の貴族と再婚してくれるのが、一番理想なんだがな」

アリーシャは少し考えを巡らす表情をし、ポツリと呟いた。

「……それって、うちでもいいって事かしら？」

「……ん？」

アリーシャは言葉に出してから、これは名案だと言わんばかりに榛色の瞳をキラキラさせた。

「あら！　ねぇ、あなたの第二夫人に迎えるのはいかがかしら？　私の話し相手にもなるし、そのゲームもとても面白そうだし、とっても楽しそう」

（それは、考えた事もなかった……）

　今までウィルは、第二夫人の必要性を感じた事はない。正直、アリーシャに手一杯というのもある。アンネとは数回会った程度だが、確かに気性的にアリーシャと衝突する事はないだろう。

　しかし、あまりにもアリーシャが楽しそうに第二夫人を勧めてくるものだから、面白くはない。

　ウィルは後ろからそっとアリーシャを抱きしめた。アリーシャは、いつになく甘えた様子のウィルに面食らっているのか、一度肩をビクッとしただけで後は大人しくされるがままだ。

「君は、まだ怒っているのか？　十五年前の事を……」

「……」

「すぐ駆けつけられなくて、本当にすまなかった」

　ウィルはアリーシャが三人目の子を亡くした時、丁度国力の高い国の使者の対応に追われており、帰りが遅くなってしまった事をずっと負い目に感じていた。ウィルからの真摯な謝罪を受けて、それまで大人しく抱きしめられていたアリーシャは、後ろにいるウィルに向き直る。

「違うわ！　あの時も、あなた……ちゃんと謝ってくださいましたもの。……ただあの子は一番、あなたに似てたから……ちょっと、辛かったの」

　高位貴族らしくいつも高圧的ではあるが、努力を惜しまず自分にも他人にも厳しいウィルの事を、アリーシャは決して口には出さないが、なんだかんだ言いつつとても尊敬している。家庭を顧みないところは難点ではあるものの、それだけウィルが周りから認められている証拠であると思い、妻として誇らしい。ギクシャクしていた期間だって、忙しい仕事の中でもアリーシャを気遣う場面が要所要所に窺え、蔑ろにされた事などただの一度もなかった。

この国の女性の扱いとしては信じられないほど恵まれている。それは重々分かってはいるのだが、アリーシャの性格上、素直に気持ちを伝えるのはなんだか癪に触る。しかし、いつになく落ち込んで素直に自分に謝罪してくる彼を見て、ついつい今まで語ったことのない本音をアリーシャは漏らしていた。上の二人の子供は、どちらかというとアリーシャに似ている。ただ儚くなった子は、髪の色や造作がウィルに似ていたのだ。

「……あなたは、命日にも来てくれないし」

「!? あの子の命日は、毎年一緒に祈ってるだろう!?」

「……月命日は、いないじゃないの」

アリーシャに、じとりと睨まれる。

「うっ……それは、すまない……」

二人はそれまでの溝を埋めるように、何時間も話をした。

そして今、アンネは夫人からその提案をまさに受けているところだった。

「えっ？　……だ、第二夫人ですか？」

「ええ！　アンネと共にあれば、ウィルも私も得るものが大きいと思うのです。もちろん、あなたに選択権があるから、選択肢の一つとして加えてくれるだけでも大丈夫よ」

(このグイグイ感は、既視感を覚える……)

先日のハーヴィ夫人を彷彿させる。アンネは面食らって、アリーシャの横にいるウィルを見た。

「すまない、アリーシャは一度言い出すときかなくてな。ただ、君にとっても選択肢は多いに越した事はないだろう」

ウィルは申しわけなさそうな、しかし長年の蟠りが解けたようなすっきり顔で、こちらを見ていた。


アンネがアリーシャからウィルの第二夫人の打診をされて、ぶったまげていた頃。

まだ日が高いにもかかわらず、とある侯爵領の別邸では酷く爛れた光景が広がっていた。銀の髪を艶やかにベッドに広げ、豊かな胸を晒しながら、女は自分よりも二十歳は若い男からの奉仕を受けていた。

「あっ……ぅうんっ……ちがう、もう!　そこじゃないわっ……ちょっ、やめて頂戴…………はぁ……もういいわ」

「あぁ、そんな……」

なんとなく興が削がれ、酒でも飲み直そうと立ち上がる。しかしなおも縋り付こうとする男が邪魔で、男の鎖骨辺りを足蹴にして後ろへと押しやった。

「……あなた、しつこいわ……戻されたくなかったら、出て行って頂戴」

レティシアは貴婦人にあるまじき舌打ちをし、まるで汚物でも見るように、先程まで奉仕させていた男を睥睨した。肉感的な肢体に波打つ銀髪、見る者を思わずハッとさせるような美しい顔も、四十歳も間近になると段々翳りが見えて来る。

（あぁ、イライラする……！　この前の夜会の時に、あんな下賤な女に会ってから特に……いいえ、もっと前から、あの女は気に食わなかった）

教会の上役から寝物語のついでにせしめた閨指南の未受講者に、まさかオリバーの名があるなんて、思いもしなかったため、嬉しい誤算だった。あの夜会の時に、折角オリバーとのひと時を楽しめるかと思っていたのにレイフォードまで使い、無粋に邪魔をしてきて全く腹が立つ。

（薄汚い売女の癖に）

初めてアンネの姿をまともに見たのは、男娼館で若い男を連れて帰る時に、エリオットの後ろに隠れているのを見つけた時だ。その時は仮面を着けていたから顔はわからなかったが、スタイルも話した感じも貴族女性としての教養も全て自分より劣っていて正直ガッカリした。あのような本を書くくらいなのだから、自分を凌ぐほどの美貌であったり美しい所作があればまだ納得ができるし、取り巻きの一人に加えてやっても良かったのに。

十年前にフリードの妻が亡くなった時。折角こっちが慰めてやろうかと思っていたのに、フリードはレティシアの誘いに全く靡かなかった。後に自分の息子よりも若い女と結婚したと言うから、聖人君子ぶっててても所詮は『処女喰い』だったのかと仲間内で嘲笑していた。

それが、今まで歯牙にもかけていなかったフリードの後添いがレティシアを差し置いて次の閨指南役だなんて到底許せる話ではない。その上さらに面白くないのが、あの女にこの前の夜会の時、レイフォード直々に愛妾の誘いがされたという情報もある。

（ただ自分より少し若いだけで。許せない……本来ならば、それは私の役目なのにっ！　泥棒泥棒泥棒泥棒泥棒泥棒っ!!）

昔からレティシアは美しかったが、アンネと同じく生家が貧乏子爵家であり力がなく、結局売れるようにバードリー侯爵へ嫁いだ。侯爵は最初こそ美しく若い新妻を大事に扱っていたが、見た目至上主義のレティシアに次第に嫌気がさし、跡取りを産んでからは家から遠ざかるようになって行った。

そのうちレティシア自身も、夜会などで知り合った複数の男と体の関係を持つようになり、元々経済面で抑圧された生活を強いられていたレティシアは、気付けば享楽的なものへとどんどん傾倒して行き、怪しげな仮面舞踏会にも積極的に参加するようになっていった。

その美しさから多数の家からの閨指南を頼まれるようになり、実益も兼ねて年若い男との逢瀬を楽しめるとあって、嬉々として依頼を受けて行った結果、閨指南役としての知名度が上がっていった。

貴族相手の閨指南役ともなれば、貴族社会では一目置かれる存在ですらあったのだ。

今年のあの検査さえなければ、殿下達や姫の閨指南はレティシアのはずだったのにと歯噛みする毎日だ。

（悔しい悔しい悔しい悔しいっ!!）

アンネを失脚させられないかと粗探しをするつもりだったが、まさか自分からグランドール家の爛れた関係を暴露してきた時は驚いた。何か裏があるのかとも思っていたが、それすら大した障害にならず次々と上位貴族を籠絡させていくあの毒婦に恐怖さえ覚えていた。

(殿下も宰相も、醜聞でしかないトラアールの噂を聞いているにもかかわらず、あの女の味方をしてっ!)

レティシアは苛々した時の癖で親指の爪を噛みながら、サイドテーブルからお酒を取ろうとした時にノックの音が響いた。入室を許可すると、レティシアが最近男娼館から見た目の良さを買い、自分付きの執事見習いにした男が入ってきた。

「……レティシア様。貴女様の憂いを晴らせるかもしれません」

アリーシャからの驚愕の提案を受けたアンネは、すぐに返事はせず「このお話は一旦持ち帰って、後見人と相談の上、熟慮してお返事させて頂きます……」と言って、無事グランドール本邸へ帰還した。

しかしアンネは、殿下の愛妾の誘いの事も、ウィルの第二夫人の打診の事も、エリオット達に何となく言えなかった。取り敢えずどちらもすぐにと言うわけではないし、問題を先延ばしにして、あわよくば立ち消えにならないかなーと楽観視していた。

エランド邸訪問の次の日からは、エリオットと貴族用語のお勉強会だ。ウィルから貰った初夜の作法の紙も一緒に持っていって、夫婦神とやらの事も教えてもらう。

「えっと、夫婦神の女神の名前がラダルリレアで、男神のお名前が……すみません、もう一度教えて頂いていいですか？」

「ガイザックトゥルムエイドエアヒムアルダールだ」

（……相変わらず、全然頭に入ってこない）

救済院で作った性教育の本は、この夫婦神をモデルとして使ったはずだが、男神の名前は縮めて書いていたので正式な名前がこんなに長いとは。

「初夜の行為の前に、男性は女神の名前を言って、女性は男神の名前を言うって事ですよね……？」

「そのようだな」

女性が名前を間違えたり、つっかえたりすると神聖な初夜を穢したとして、ネチネチ言ってくる夫もいると言うから驚きだ。ポラリス神聖典を最近見直しているが、この教え自体が女性に全然優しくない。男神はハーレムとかガンガン作っていて、神様のくせに強姦やら近親相姦が罷り通り、赦されているのに対して、女神はただただ耐え忍び、男神の帰りを待つのが美学のように書いてある。

（何だこりゃ）

アンネは思い出した。子供の時も、聖典のこの辺のモヤモヤ感で読み物としてもイマイチ感情移入ができず、『何故、どうして』が自分の中で処理できなくて、結果遠ざかったんだったという事を。地雷の多い本を読み進めるのは、精神が削られ気が滅入る。

「……これ、本当に覚えないとダメですかね？」

「これでも、かなりメジャーなものに絞ってるんだ。覚えないと困るのはアンネだぞ」

仕方ない。ひらすら声に出して、書いてを繰り返して覚えるしかないのか。辛い、辛過ぎる……。

「エリオット様……これ以上は、ご褒美がないと頑張れません」

「ご褒美？」

アンネはエリオットにご褒美として、救済院からあるものを持って来て貰う事にした。

(あぁ、アレがあれば頑張れる)

アンネは、もうここでは前世の事も隠しておく必要もなくなったため、これからはじゃんじゃん好きな事をして行こうと心に決めていた。オリバーはクロウと共に、修繕した橋の崩落が再度起こらないように追加で強化作業に入るため、その見積もりの計算などで忙しそうだ。

本邸から救済院までは馬車で一時間、馬で急げば三十分も掛からないので、もうすぐ戻ってくるはずだ。エリオットが戻るまで、ポラリス神聖典の神々の暗記に励む。

しばらくして、エリオットが戻ってきた。顔を顰めながらなるべく距離を取るように、小さい壺を持ってくる。

「……アンネ、これは何だ？　凄い匂いなんだが」

(ああ!!　嬉しいっ！　エリオット最高!!)

「エリオット様！　遠いのに、ありがとうございますっ！　早速ですが、テスト後に合格点を取れていたら、お台所貸して下さい」

「君が作るのか!?」

エリオットは「まさか、これを使うつもりではなかろうな」と言わんばかりに、形のいい眉を寄せている。まぁ、そのまさかではあるのだが。

実は救済院から持ってきて貰ったのは、味噌だった。

大国イルマスのさらに奥の国境を越えると、ルーレンと言う漁業と農業が盛んな国がある。そこでは魚の干物や大豆から作られた醬油や味噌の存在があるらしいと聞いて、いてもたってもいられなかった。ルーレンとこの国とは国交が開かれていないため、購入するには、イルマスを通じて年数回こちらに来るキャラバンから買い取らなければならないのだ。

ルーレン人は、そんなアンネの前世の国にあるようなものを量産しているので、てっきり東洋人のような顔をしているかと期待していたが、フリードに連れて行ってもらったキャラバンで見たルーレン人は、この国の人達よりもさらに濃い顔をしており、少し落胆したのを覚えてる。

エリオットは、この嗅いだ事のない匂いを発する食材が気になるのか、アンネが作る所を見学すると言ってきかない。

(仕方がない。少し惜しいが、味噌を持ってきてくれたし、出来たら食べさせてあげよう)

エリオットから、今日勉強した分のテストを受けて見事合格をもぎ取り、さっさと味噌汁を作る事にした。具は厨房に残っていた、適当な野菜の端などを貰って作る。

味噌を入れる段階になり、エリオットが急に青褪めた顔で止めてきた。

「アンネっ!! そ、それは本当に、前世の記憶なのか!? 錯乱しているのでは……」

エリオットが焦(あせ)りながら、味噌を入れるのを阻止してくる。

「えっ!?　もーエリオット様、邪魔しないでくださいよ。間違いなく、美味しいんですからっ」

「君の知識は、突飛だと思ってはいたが……これは流石に看過(かんか)できん」

「え？　何故ですか？」

「……これは、動物の排泄物(はいせつぶつ)の類(たぐい)ではないのか？」

「なっ!!　全然、違いますよ!!」

エリオットがまたとんでもない勘違(かんちが)いをしているようだ。

その後、無事に美味しい味噌汁ができ上がった。自分の尊厳を守り誤解を解くためにも、エリオットにも飲んで貰った方がいいと判断したアンネは、彼に味噌汁を食べるよう強要した。エリオットは、まるで死の宣告を受けたような顔をしながら一口飲み、意外に口に合ったのかごくごく飲み干した。

ちなみにオリバーにも同じように勘違いされ、かなりドン引きした顔をされたのだった。

そんなこんなで忙しい毎日を過ごしているうちに、アンネが本邸に住み始めて早くも二ヶ月が過ぎようとしていた。

夜会の誘いもだいぶ減りはしたが、月に何回かどうしても出席しなければならないものもある。今日の夜も断れない夜会が入っており、エリオットと参加予定だ。本邸での生活は思っていた以上に快適そのもので、アンネはかなり充実した毎日を過ごしていた。

エリオットもオリバーも、アンネのやりたい事を基本一切邪魔せず（最初の味噌の件は除く）、エリオットに至っては意外と協力的でもあった。

この二ヶ月の内に、救済院にエリオットと一緒に行って子供達にお菓子を配ったり、ゲームで一緒に遊んだりした事もある。最初はアンネのみ救済院へ行く予定だったが、エリオットは領主としてそれなりの寄付はしているが、視察は使いにしか行かせていなかった事を申しわけなく思っていたらしく、結局二人で行く事となった。

ポラリス教会と併設されている救済院は、神父もシスターもだいぶアンネに感化されているため、アンネのする事には協力的だ。子供達もアンネが毎日訪れなくても、上の子が下の子の面倒を見るサイクルができ上がっており、とても穏やかな生活を送っている。

手作りしたクッキーを配った後も、きちんとポラリスの豊穣神(ほうじょうしん)への感謝を捧げた後に、領主であるエリオットとアンネにもお礼を皆順番に言ってくれた。

あまり感情が表に出ないエリオットに、子供達が怯(おび)えてしまうのでは……と少し心配だったが、結局全くの杞憂(きゆう)に終わる事になる。アンネが所用を片づけるためにエリオットを一人で子供達の中に置いていった後、少し離れた場所からなんとなく彼の様子を見ていた。一人の子供が鼻水を垂らし、口の周りにクッキーのカスをつけてエリオットに抱っこをせがんでいるのが見えた。

「おいっ！　その顔で俺の服に……ああっ！　こんなに鼻水を垂らして、熱はないのか？　……なさそうだな。いや、待ってろ、今ハンカチで拭(ふ)いてやるから……よし。こらっ、順番で抱っこだぞ！」

口調は厳しめで高圧的な雰囲気はそのままだが、意外とエリオットは馴染んでいる。そして子供達を見る彼の目は優しく穏やかで、なんだかんだできちんと抱っこをして世話をしているのを見た時は、温かい気持ちになった。

アンネが前世の記憶を頼りに作る、エリオットからすれば謎の料理にも興味があるらしく、作る度に見に来て味見を買って出てくれる。オリバーは慎重派なので、余程美味しそうでなければ食べないが。

あのフリードですら、味噌やアンネの作る料理には抵抗があったらしく、結局食べてもらえなかったのだ。

（まさか……まさかとは思うが、フリード様は味噌の事をエリオット達と同じく勘違いされていたという可能性は……いや、ない！　ないと思いたいっ！）

心が死にそうになったため、アンネは深く考えるのを止めた。

イルマスの姫が、レイフォード殿下との顔合わせにこちらに来るまで一ヶ月を切った。

今日はエリオットが所用で出かけているので、アンネは姫の教科書作りに励んでいた。レイフォード達の教科書は、やはりどちらかと言えば男性目線のものだったので、姫用の教科書は女性の目線に重点を置きたい。やはり、円滑な子作りのための今回の閨指南なのだろうから、生理日や膣からの分泌液の状態から排卵日を予測する方法は是非書いておきたい。これが全てではないのだろうが、目安にはなるはずだ。産み分けについても触れておいた方がいいだろう。

（あとは、いよいよこれの出番か……）

アンネはつい、さすさすと思わずソレを撫でてしまった。

救済院の子供達は十六歳になり成人すると、院を出てそれぞれの就職先を探す。手先が器用な子は何らかの職人の元へ修行に、計算が得意な子は事務や会計などその子の特性に合った就職口を探す。特にアンネの救済院の子供達はマナー、計算など一通りこなせるため、評判が良く就職先は引く手数多だった。

アンネは、レイフォード達に指南をする際に用意周到にし過ぎた結果、張型まで用意していた。これは元々救済院にいた男の子が就職先として勤めている、木工職人の親方に極秘で頼んで作って貰ったものである。アンネは指南で使うため『平均のサイズを用意して欲しい』と頼んだはずだったのだが……。

極秘とは言いつつ、職人仲間には情報は筒抜けだった。市井の男の目から見ると、割と美人のアンネの依頼とあり「俺の方がデカイ」「いや俺の方が」と職人同士で張り合う内に、平均とはとても言えない禍々しい代物ができてしまったのだ。親方は流石に気まずくなり「平均よりも少し大きくなったが、大体こんな物だ」と説明し、アンネに手渡してきた。

アンネはこの世界でいきり勃った本物を見た事がなかったので、これがこの国の平均サイズなのかと驚愕し、恐怖した。前世でも『他国の男性の男根は大きいらしい』と聞いた事があったため、素直に納得しこの国の男達の凄まじい膨張率を目の当たりにして、処女で良かったと改めて思ったのだった。

姫の指南の時は、これがこの国の平均だと伝えるべきなのか……しかし、万が一レイフォードが平均以下かもしれないと言うのを憂慮して、もう少し小さいサイズも用意すべきなのか。悩みどころだ。だが、きっと男心的に『平均よりも大きい』と思って欲しいはずだと、アンネは勝手にレイフォードに忖度し、馬車に乗り街へ行って職人に前のよりも小さいサイズをもう一つ頼む事にした。

ついでに、初夜用の砂糖菓子を取り扱っている菓子屋にも寄って、説明を受けつつ購入する。花弁は食べる枚数に応じて媚薬が強くなるらしく、一枚で辛ければ、もう一枚と食べる枚数を増やしていけばいいらしい。どういう製法かは知らないが、かなり日持ちする物らしいので二個ほど買っておいた。新しい張型は数日でできると言うので、初夜用の花だけ持って帰ってきた。見た目は可愛らしいそれはとても媚薬入りのお菓子には見えず、部屋に飾っておくと何だか華やいだ。

夜になり、エリオットに連れられてとある侯爵家主催の夜会に行く。着いて早々、アリーシャの派閥へご挨拶に行く。現職宰相の夫人ともなると、ご友人や取り巻きの数が半端ない。

アリーシャがアンネと懇意にしている事は派閥内では最早周知の事実なので、皆アンネとエリオットが近づくと道を空けてくれた。さながら十戒のモーゼの如く、人の海が拓けてゆく。

「アンネ、来たのね！」

「はい、アリーシャ様。お久しぶりでございます」

アンネはカーテシーをしてアリーシャへと挨拶した。

アリーシャはニコニコと笑顔で迎えてくれる。あの第二夫人打診後から『アリーシャの話し相手』という名目で、割と頻繁にお茶会に招かれていたので、実は全然久しぶりではない。

「アンネから借りたリバーシね！　楽しいからウィルとたまに一緒にやらせていただくんだけど、全然勝てなくていやんなっちゃうわ。彼ったら勝ち逃げしようとするから、ついつい遅くまでつき合わせちゃって……」

ウフフと上品に笑うアリーシャの陰に、ここにはいないはずの疲労困憊のウィルの姿が透けて見える気がした。

「アンネ！　お久しぶりですわねっ！」

アリーシャと二人で話していると、少し離れた場所にいたナタリア・ハーヴィ公爵夫人がアンネを見つけてテンション高く寄ってきた。

「まぁ、お姉様。アンネは今、私と話してるのよ！」

この姉妹は見た目はそこまで似ていないが仕草や、声がそっくりだ。しかし姉のナタリアの方がアリーシャよりも一・五割増しパワフルである。二人はアンネにはない熱い情熱を持っており、それもあってか年齢よりも若々しい。とてもじゃないが二人共成人している子供がいるようには見えない。キャイキャイと姉妹が喋っているのを微笑ましく思って見ていると、矛先がこっちへ向いてきた。

「そうですっ！　アンネ、聞きましたわよっ！　アリーシャからの誘いの話」

「！」

（ああ！　それはまだエリオットに伝えていない内容!!）

幸いエリオットは今、商業絡みの話をしに少し離れた場所で知り合いと話し込んでいたので、こっちの会話は聞こえてなさそうだ。アンネの顔に焦りが出て、ワタワタしているのも気にせずナタリアは話し続ける。

「えぇ、えぇ！　アリーシャからその話を聞いた時に、『ああ〜！　その手があったか!!』と思いましてね！　私もすぐに主人に相談しましたのよ！　そしたら彼ったら、あんなくだらない噂を気にしてらしてねっ！　駄目ね、あんな図体ばかりでかくって肝っ玉の小さい男って!!」

　ナタリアは大層ご立腹だ。

（あれ？　確かナタリア様の旦那様は、近衛騎士団長様ではなかったかしら……）

　男尊女卑の根強いこの国で、この二人の存在は希望であると遠い目をしながらアンネは思った。

　二人の高いテンションに当てられてお腹が空いたので、お手洗いに席を外した後、飲食スペースへ移動した。

　エリオットはまだ商談相手と話し込んでいそうだったので、邪魔しないように軽く食べようとした時に聞き覚えのある、ネトリとした声に話しかけられた。

「……アンネ、お久しぶりですわねぇ。その後、ご機嫌はいかがかしら？」

　バードリー夫人は今日も美しい。銀の髪を複雑に高く結い上げ、豊かな胸元を大胆に開けた錆色の瞳によく合う深紅のドレスを着て、とてもゴージャスな装いである。今来たばかりなのかエスコート役の男性と二人でいる。夫人のエスコート役の男は見た所とても若そうで、いつも夫人が侍らせている男達とは毛色が違う気がした。夫人がとても華やかなのに対し彼は……何というか、地味だった。夫人も彼の事を割と粗略に扱っていて「ここはもういいから、好きな所に行って来なさい」と命令している。彼は心配そうにアンネを一瞬見遣ると、静かに人混みに消えていった。

邪魔者はいなくなったとばかりに、夫人はアンネに向き直る。アンネは少し面倒だなぁ、と感じたがこれも社交スキルを高めるチャンスと思い直し、夫人と対峙した。

「お久しぶりでございます、バードリー侯爵夫人。ここで出会えたのも、ルーファルシア様のお導きのおかげでしょう」

アンネは深く腰を落とし、カーテシーをした。

「まぁ、いまさら堅苦しい挨拶はおやめになって。この前のように砕けたやり取りの方が、私は好きよ」

夫人の顔は半分扇子に隠されており、本心は読めない。でもまぁ、本人がいいって言うならいいかとアンネの気も楽になる。

「……私、この前のやり取りのせいでアンネとの間に誤解が生まれてしまったのではと気が気ではなくて……私、貴女を心から心配しておりますの」

「心配、でございますか？」

夫人は目元を悲しげに伏せて、アンネに語りかける。

「……バードリー領の貧民窟で、アンネによく似た高齢の男性を保護いたしましたの。貴女の親戚の方ではなくて？」

アンネと父クライブは確かに顔がよく似ていた。アンネはせめて、今は亡き母マリアの蜂蜜色の髪や翡翠色の瞳くらいは受け継ぎたかったが、そうはうまくいかないものである。

クライブの同年代の男達は皆厳しい顔が多い中、クライブは女顔で比較的甘いマスクをしていたおかげと、子爵家の嫡男というステータスの良さもあり昔はそれなりにモテたらしい。しかし滲み出るクズさが隠し切れず、察しのいい令嬢は皆クライブとの縁談は避けていったそうだ。

マリアとクライブの縁談は双方の親が無理矢理組ませたものだった。引っ込み思案で、売れ残りかけていたマリアと、放蕩息子のクライブの結婚生活は冷えに冷え切っていたが、四人も子供がいるところを見るとやる事はやっていたのだろう。アンネは夫人に言われて思い当たる男が、その父、クライブ一人しかいなかった。

（な、なんて事……）

アンネは知らずのうち、手を震わせていた。

そんなアンネの様子を、レティシアは器用に眉を下げたまま見やり、扇子で隠したその口元はニヤついてしようがなかった。いまいち捉えどころなく飄々としていて、こちらの嫌みも聞いているんだか聞いていないんだかよくわからないこの女が、前から心底気に食わなかった。

アンネの父らしき男が自領の貧民窟にいるらしいという報告を聞いた時は、正直どの程度利用できるかは未知数だった。しかしこの反応を見る限り、それなりに効果はあったようだ。苦労して探した甲斐がある。

元々今日の夜会には派閥が違うため、レティシアは呼ばれていなかった。だがアンネはどうやったのか、最近だと宰相どころかその夫人にまで取り入って、どんどん幅をきかせている。前の夜会でアンネと揉めたと噂が広まり、数々の貴族からレティシアは敬遠され始めており、特にアリーシャの派閥から爪弾きにされていた。まぁ、元々お世辞にも仲がいいわけではなかったのだが。

この夜会にアンネが参加する予定と聞いて、なんとか自分もねじ込めないかと画策していた。そしてここの嫡男と息子のカイルが同じ貴族学校で学友同士だった事を思い出した。カイルを問い詰めると、やはり招待状を持っており、息子にエスコートさせ、ここに潜り込んで来たのだった。

「……実はね、アンネ。とても言い辛いのですけど、その方犯罪歴も多数あるみたいで。このままでは主人が領主として、処罰せざるを得ないかもしれませんの。譫言のように『アンネ』と貴女のお名前も仰っていらっしゃるみたいでしたし……どういたします？」

レティシアは扇子の裏でニヤニヤと笑いながら、アンネの出方を待った。


アンネは震える手を押さえながら、とにかくその高齢の男の特徴を夫人から聞かねばと思った。

「レティシア様。申しわけありませんが、その男性の特徴……例えば、瞳の色や髪の色等はわかりますでしょうか……？」

「ええ。貴女と同じで、髪も瞳も明るい茶色でしたわ」

それを聞いたアンネは、それは父だと確信し、夫人へ告げる。

「……余計な事とは思いますが、その男性と関わる事は、レティシア様のためになりませんわ。今すぐその男の保護を止め、適切な処罰を下すか、元の貧民窟へ戻す事をお勧めします」

生きていたなら、一発くらい殴っておきたいところだったが仕方がない。バードリー家に手間をかけさせてしまい、申しわけなく思う。アンネは怒りで震える手を押さえた。

「………は？」

夫人はアンネの提案が予想外だったのか、キョトンと聞き返して来た。

「とっくに死んだと思って、過去の事は水に流していたのですが、まさか生きていたとは……何とかは世に憚るとはよく言ったものですわね」

アンネはしみじみと世の理を憂えた。

「……何を話してるんだ？」

アンネの背後から、いつの間にか近づいて来ていたエリオットが低い声で話しかけてきた。現状を伝えるには丁度いい。

「今、レティシア様から『私の実父を貧民窟で発見して保護してる』と聞きまして、速やかに切り捨てるか、元の場所に戻してくるように申し伝えていたのです」

エリオットが一瞬ハテナ顔になり「切り捨て？　元の場所に戻す？」となっていたが、アンネは至って真面目だ。

「生物学上は父親というだけで、私にとってその男はお祖父様が積み立ててくれていた姉達の持参金すら素寒貧にする『泥棒』か、『顔見知りの女衒のオヤジ』です。その上とうとう他領にまで行き、おまけに犯罪歴まであるとは……全く、度し難いですわ」

夫人はペラペラとアンネが話す聞き馴染みのない言葉に二の句が継げなさそうだ。まぁ、砕けた話し方で良いと言われているので咎められはしないだろう。事の重大さが伝わる事が大事なのだ。

エリオットは、アンネから話の内容を聞いた時、野良犬か何かの話をしてるのかと思ってしまったほどアンネの話しぶりは冷めたものだった。

（……まさか、アンネの父親の話だったとは）

しかし、この女（レティシア）がアンネに有益な情報をもたらすはずはない。慎重に判断しなければ……油断はできない。

数分前。

エリオットは、思った以上に商談が長引いてしまったので焦ってアリーシャの所へ戻ると、既にアンネの姿はなかった。手洗いに行ったと聞いて、そちらの方へ向かったが何せ人が多く、手洗い所に向かうのも一苦労だ。

アンネと参加する夜会は姫の閨指南が終わるまで、より選（え）りすぐった物だけに絞る事にしていた。余計な者との接触はなるべくしたくないからだ。そうすると、皆参加したがる人気の夜会ばかりになり、人の多さも必然的に多いものばかりになってしまっていた。

人混みを掻（か）い潜って手洗い近くで待っていたが、アンネが戻って来る様子はない。一旦戻ろうか迷っていると、不意に肩を叩（たた）かれた。叩かれた方を見ると、何処かで見た事のある年若い青年が立っている。

（こいつは確か、バードリー家跡取りの……えーと……カール？　いや、違う……そうだ、カイルだ！）

　バードリー家は現侯爵夫婦の印象が強過ぎて、息子の影が薄い。人の顔と名前を覚えるのが得意なエリオットですら、すぐ名前が出てこなかった。

「不躾に肩を叩いて申しわけありません。ロドルファス・バードリー侯爵の息子カイルと申します。エリオット・グランドール侯爵でいらっしゃいますね？」

「ああ。そうだが……何か用か？」

　アンネが見つからない事に焦っていたエリオットは、カイルに対して無意識に冷たい声になる。

　カイルは、エリオットのそんな様子を気にした風でもなく、どちらかというとカイル自身、とても焦っている様子に見える。

「グランドール卿。飲食スペースにて我が母とアンネ様がかち合ってしまい、話をしておられます。もし向かわれるなら、急いだ方が宜しいかと……」

「！　すまない、情報感謝する。悪いがすぐに向かわせてもらう」

　エリオットは足早にその場を去り、飲食スペースに辿り着くと、バードリー夫人と向かい合っているアンネを見つけたのだった。


　一方、思惑が外れたことにレティシアは怒りながら馬車に乗り込み、息子を置いたまま夜会会場から走り去っていた。

　あの後エリオットは「どうゆうつもりかは知らないが、二度とこちらに関わらないでくれ。アンネの父だと言う男の処遇も、バードリー侯爵の裁量に任せる」と、かなり語気を荒らげてレティシアを詰った。

周囲は面白そうにこちらをチラチラ見ており、レティシアをさらに苛立たせる。今まで羨望か情欲の籠もった目なら向けられた事はあるものの、こんな不快極まりない好奇の目に晒された事などなかった。堪らずカイルを置いて、会場を後にしたのだった。

(忌々しい……全部、全部あの女のせいだわ……)

本邸へとレティシアが戻ると、使用人達が僅かに騒ついたのを感じた。どうせロドルファスが、また女でも連れ込んでいるのだろう。レティシアが構わずずかずかと自室へと歩を進めると、慌てて着たのか、乱れた着衣そのままにロドルファスが部屋に入ってきた。普段話しかけてこない癖に、一体何だと言うのか。

最早若さの欠片もない、だらしない身体と冴えない顔のこの男を見ているだけで虫唾が走る。

(カイルもせめてこの男ではなく私に似て、美しい顔をしていれば……)

「こんなに帰りが早いとは……まぁ、丁度いい。お前に話したい事がある。着替えたら、私の私室へ来るといい」

レティシアは、本当なら今日はもう寝てしまいたかったが、あんなのでも一応はここの主人なのだ。薄い夜着にガウンを羽織って、ロドルファスの私室へと入る。そこにはロドルファス本人と、もう一人見た事もない若い女がいた。

「おお、来たかレティシア。早速だがな、最近のお前の所業は目に余る」

レティシアは、テラテラと脂ぎったロドルファスの額を見ながら、この時間が早く過ぎる事だけを考えていた。

「何でも近頃、エランド夫人にまで目を付けられているそうじゃないか。……残念だが、私はお前を離縁し、ここにいる彼女を第一夫人として迎える事にする」

(……何を言ってるんだ、この豚は)

レティシアは余りに突然の事態に、すぐに言葉が出てこなかった。口元をひくつかせ、何とか言葉を紡ごうとする。

「……彼女は、何処のどなたですの?」

ロドルファスはその若い女の肩を抱き、目線で自己紹介しろと促した。

「初めまして、レティシア様。リリアンネ・アルファと申します」

美しいカーテシーから見るに、それなりの令嬢というのは見て取れるが、アルファ家などあっただろうかとレティシアは記憶を探る。しかも、何の因果かまたリリアンネ……。

(一体、何処まで……)

「彼女は、元々は伯爵家の出身でな。十年前に実家が没落してプレジエールに身を落としていたんだが、私と運命の出会いをしてな」

その後、つらつらとロドルファスはリリアンネとの運命的な出会いについて語っていたが、もうレティシアの耳には届いていなかった。

(私の……私の代わりが、娼婦ですって……?)

「……と言うわけで、カイルにも言わなきゃならんのだが、都合がつかんので後日伝えるつもりだ。私からの話は以上だ」

レティシアは、何かが崩れる音が聞こえた気がした。

レティシアはフラフラと、ロドルファスの私室を後にする。向かった先は地下室だった。

地下室には、明るい茶色の髪をした老人が横たわっている。人の気配を感じて起きたのか、モソモソと立ち上がりこちらに近づいてきた。体は骨と皮しかないほど痩せている。酷く汚らしく弱々しいその姿は一瞬哀れを誘うも、その濁った瞳と傲慢な態度でこちらが抱く憐憫は吹き飛ぶ。

「おいっ！　……早く、アンネを連れてこんかっ!!　あいつを、ファール商会の狒々爺に売れば、また復活できるチャンスがあるんだ……っ！　……早くっ、はやくしろぉっ！」

ファール商会はとっくに潰れているのだ。クライブは最早、正気ではなかった。そしてレティシアも……。

(どいつもこいつもアンネアンネアンネアンネアンネ……っ!!)

レティシアは懐に隠していた短刀でクライブの胸を突き刺した。

◆　◆　◆

あの夜会の翌日、エリオットは風邪をひき高熱を出した。エリオットは、普段から規則正しい生活をしているおかげか滅多に風邪をひかないらしいが、一度ひくと長引く傾向にあると言う。二日後の夜会には、急遽オリバーと参加する事になった。

その夜、夜会会場から帰る馬車の中で、オリバーとアンネは隣り合って座っていた。

「エリオット様、大丈夫ですかねー」

「クロウがいるから平気だろ。君が、変な卵入りの幼児食みたいなの食わせなきゃ、良くなるんじゃない？」

「!?　失礼なっ！　あれは『卵入りおかゆ』と言って、消化にいいんです〜！　エリオット様も、美味しそうに召し上がっていました！」

エリオットの風邪は辛そうだったが、だいぶ快方へ向かっていた。あと数日休めば、完全に復活できるだろう。最近ではアンネはすっかり本邸に馴染み、前世の主食だと言う『米』まで持って来てたまに料理を作っては二人に振る舞っていた。

いつもはエリオットがアンネにべったりなため、積極的にオリバーからアンネに接触する事はない。しかしたまにこうして二人でいる時も、自然体でいられるから気が楽だ。

「君が持って来たゲームもそろそろ飽きてきたからさ、もっと違うのないの？」

「そーですねー。紙の強度がもう少しあれば『トランプ』とか作れるんですけど……」

「それ、どういうやつ？」

「えっとですね……」

次なるゲームの話をしているうちに、あっという間に邸に着いた。

オリバーは屋敷の扉を開けた瞬間に、違和感に襲われた。

邸内が、異様に暗過ぎる。しかし、エリオットやオリバーが風邪をひいた時は、使用人に感染さないようになるべく早く帰すため、閑散としているのも無理はないのだが。

（なんだろう、いつもと何か違う……）

オリバーはアンネが呑気に警戒心なく、薄暗い邸内に入ろうとするのを手で制して、その場で待たせた。元々住み込みで働いているのはクロウと、アンネ付きのメイドのカーラ、残りは限られた人間だけだ。

開けた扉は、何かがぶつかったように途中で止まってしまった。床を見ると足が見える。暗くてよく見えないが、そのスラックスには見覚えがあった。

「クロウ!!」

クロウは息はしているようだが、意識はない。御者の男に急いで医者を呼びに行って貰った。カーラの無事をアンネに確認しに行かせてオリバーはエリオットの元へ急いだ。

（兄さん！　頼む……無事でいてくれ!!）

エリオットの部屋はもぬけの殻だった――。


数刻前。

エリオットはベッドで寝ていた。一昨日よりは体調も良くなり、この調子であれば明日か明後日には良くなるだろう。アンネが手ずから作ってくれた『おかゆ』と言うものは、見た目はアレだが弱った体に染みるようで美味かった。アンネが作ってくれる料理はどれも見た事のないもので、そのほとんどがとても味わい深く美味だ。たまに受け入れ難いものもあるが。

そんな事をうつらうつら考えていると、クロウが焦りを見せながら足早に部屋に入ってきた。

「旦那様。お休みのところ、申しわけございません。たった今、バードリー侯爵領の使いの者という男達が来ていまして、アンネ様の父君の処遇についての書状を手渡ししたいと……」

「……あぁ、すぐ行く」

正常な判断ができるいつものエリオットであれば、男達と言う言葉に多少警戒したかも知れなかったが、この時は体調が万全ではなかったため、判断力が鈍っていた。クロウが応接間へ案内しようとしたところ男達に断られ、彼らはエントランスホールで待っていると聞き、エリオットは足早に玄関へと向かった。

邸の入り口まで行くと、黒い服を着た屈強そうな男三人が立っていた。バードリー領は隣の領地だが、ここと比べても治安も悪いようだし、侯爵邸の使いはこのくらい鍛えていないと勤めるのは難しいのかもしれない。

「……夜分遅くに申しわけございません、グランドール卿。こちらがバードリー侯爵からの書状でございます」

書状の封蠟の意匠は、確かにバードリー家の物だった。

「……あぁ、ご苦労だった」

書状を受け取ろうと身を乗り出した所で、腹にドンッと衝撃が走る。

「!!　……ぐっ……ぅ」

エリオットは立っていられず、その場で蹲る。

「!?　旦那様!!」

クロウはエリオットを助けようとするが、もう一人の男がクロウの腹と頭を殴りつけ、クロウはそのまま動かなくなった。

「おいおい。軟弱な兄ちゃんだなー、殺さずに済んでいいけどよ」

クロウを殴りつけた男は酷い濁声で耳障りだ。

「おい、本当にこいつがオリバーって奴か？」

「ああん？　……そうじゃねえの？　特徴も、黒髪に碧の目って言ってたしよー」

エリオットを検分するために、無理矢理顎を上げさせられ眼を見られる。

（狙いは、オリバーか……）

「おい、てめえがオリバーか？」

エリオットの顎を持っている男が乱暴に力を加えながら詰問してくる。遠のきそうになる意識を奮い立たせ、エリオットはなんとか頷いた。大事な弟を危険に晒す事は絶対にできない。

「まぁ、似てる奴がもう一人いるらしいが、今日はいないらしいからな。こいつで間違いねーだろ」

抵抗しようとするも、体に力が入らない。

「おい、早く行くぞ。長居すると面倒だ」

エリオットは男に荷物のように担がれ、連れ去られて行った。

四章　本当に大切なもの

Miboujin ANNE no Neya no Tehodoki

アンネとオリバーはクロウの頭へのダメージを憂慮し、協力しながらあまり揺らさないように近くの部屋まで運び入れて寝かせ、医者の到着を待った。カーラは自室ですでに休んでいた後であり、無事だった。彼女の休んでいる部屋は玄関ホールからは一番遠い使用人の部屋のため、一連の騒ぎにも全く気付かなかったという。オリバーは顔色は悪いが取り乱す事もなく、的確に指示を出していた。

(誰が、一体何の目的で……お金が目的ならいい。もし万が一、エリオット様を害するのが目的だったら……)

アンネはそこまで考え、泣きそうになる自分を叱咤した。ここで泣いても、エリオットが戻るわけではない。

クロウの世話をカーラに任せ、手掛かりを探しに二人で玄関ホールまで戻る。一通り探すが、やはりそれらしいものはない。ふたりして途方に暮れかけていると、玄関の扉を外からガンッガンッ!!　と強くノックする音が響き渡った。

アンネの体が、思わずビクッと跳ねる。二人で顔を見合わせると、さらに強い力で扉は叩かれた。

オリバーが意を決して扉を開けてみると、そこには顔面を蒼白にし、肩で息をする見覚えのある青年が立っていた。オリバーは怪訝そうに、青年を見詰める。

「や、夜分遅くに申しわけございません……き、緊急事態と判断したため、失礼を承知で深夜にもかかわらず馳せ参じました事、お許しください」

「君は？」

「？　……先日の夜会では、不躾に目下の私から話しかけてしまい、申しわけありませんでした。私、カイル・バードリーと申します」

青年はつい先日会ったばかりなのに、覚えられていない事が不思議そうな顔をしたが、すぐに気を取り直したように真っ直ぐに二人を見つめ衝撃の事実を告げた。

「事は一刻を争うので、要件を述べます。グランドール卿の弟君オリバー様が、我が邸にて囚われています！」

カイルはあの夜会の夜、レティシアが馬車に乗って先に帰った事を知人から伝え聞いた。

（自分から無理やり付いて来たくせに「先に帰る」の一言もなく帰宅するなんて……）

母レティシアの勝手な振る舞いは今に始まった事ではないが、何かと口煩かった祖父が亡くなったここ数年は特に酷かった。ロドルファスもお世辞にも良識のある人物とは言えないため、カイルはこの悩みを誰にも相談できずにいた。

（今日も、グランドール家が庇護しているアンネ様に、恥知らずにも会場に着いて早々絡みに行っ

ているし、これ以上はもう我慢ならない）

招待してくれた学友に挨拶した後、今日こそはレティシアに一言言わねば、とカイルは鼻息荒く馬車を邸へ走らせた。邸に着くと夜も遅いため、出迎えはカイル付きの侍従のみだった。

「……母上は？」

「今は、旦那様の私室へ呼ばれておいでです」

（父が母を呼ぶなど、珍しい……）

違和感は感じたが、今はそれどころじゃない。カイルは父の私室へと歩を進めた。

廊下を歩いていると、廊下の先を白い何者かが横切った気がした。突然現れた者に吃驚していると、フラフラと足取りが覚束ない様子のレティシアがどこかに向かっていた。

（あの先は、地下室へ続いているはずでは……）

カイルは母の行き先について行く事にした。レティシアは、フラフラとはしているが歩調は案外速く、靴音がしないように気をつけながら歩いていたカイルは、気を抜くと置いて行かれそうになった。

レティシアは地下室に降りると奥の部屋に入って行った。すると聞き覚えのない老人の声が聞こえてきた。

「おいっ！　……アンネを連れて……!!　…つを、ファール商会の……爺に売れ……た復活…きる……スがあるんだ…っ！　……やくっ、はやくしろぉっ！」

途切れ途切れにだが、老人の声が聞き取れた時、ドンッと何とも形容し難い、鈍い音が地下室に響いた。さっきまで喋っていた男の絶叫が響いたのち、ドサリと倒れこむ音がする。

カイルの心拍数が跳ね上がる。

（まさか……そんな……）

ドッドッと打つ自分の心臓が、とても煩い。

本来なら、今すぐレティシアを取り押さえ、問い詰めなければならない事も、老人らしき男の安否を気にしなければならない事もカイルにはわかっていた。わかってはいたが、動く事ができなかった。

そのうち、扉の陰に隠れたカイルの横をコツコツとヒールの音が通り過ぎていき、辺りは静寂に包まれた。

恐る恐る中へ入ると、栄養不足なのか病気なのか骨と皮しかない痩せこけた明るい茶色の髪をした老人が倒れていた。胸をナイフで一突きにされて、絶命している。

（とんでもない事になった……っ！）

カイルは気を取り直し、急いでレティシアを追ったが、どこへ行ったのか、もうそこにレティシアの姿はなかった。

その後カイルは、全速力で、ロドルファスの私室へ駆け込んだ。そこには服を着たまま父に跨っている見た事のない若い女と、だらしなく着衣を乱したロドルファスがいた。最中ではなかったのが、せめてもの救いだ。

「おいっカイル!!　……全く、ノックもせずに入ってくるとは……おおっ、そうだ！　丁度いい、お前に話しておかねばならんことがあるんだ」

汗と脂で額にくっ付いた髪と、乱れた着衣を直しながら滑稽にも体面を保とうとするロドルファスを見て、カイルは酷く焦れた気持ちになる。

「ち、父上……はぁ、はぁ……今は、それどころじゃなくて……」

「館の主人である、私の話が先に決まっておるだろうが。それでな……」

カイルはレティシアを離縁する事とここにいるリリアンネを第一夫人に迎える事を聞いた。ロドルファスがさらに、リリアンネがいかに運命の相手かを言い募ろうとしたため、言葉を遮る。

「父上！　……それ以上は、後程また詳しくお聞きします！　……実は今し方、地下室に入れていた老人が母上の手によって殺されたのですが……」

『殺された』という不穏な言葉に、ロドルファスの顔は曇る。

「地下室の老人？　………あぁ！　そういえば何やら、貧民窟にいた老いた罪人を地下室に入れてあると言っていたな」

ロドルファスは一瞬怪訝な顔を見せたが、すぐに合点がいったのか安心した雰囲気に変わった。

「調べたがそやつは前科が窃盗、詐欺、恐喝……貧民窟内で金絡みの殺人の疑いもある、とんでもない奴だぞ。元は何処ぞの子爵だったらしいが今は平民だ」

(罪人……？　てっきりアンネがどうと言っていたので、今日夜会に来ていたアンネ様の知り合いかとばかり……)

「レティシアが直接手をくだしたのか？　うーむ……元々極刑に処すつもりだったが、要らぬ調査が入っても面倒だ。そのまま死体を片付けておけ」

カイルは、ロドルファスの私室を後にした。父もまた、自分から余りに遠い存在だと改めて気づかされる。もう、この家は駄目かもしれない。遺体を地下室に置きっ放しにしておくのは忍びなく、次の日カイルは丁重に無縁墓地へと埋葬した。

（消えた母上が気になる。とにかく話をしなければ……）

昔はただの色情狂だと思っていたが、精神的にかなり不安定で、それを男で保っていると気付いたのは最近だった。レティシアが根城としている別邸は四ヶ所程ある。そのどれも距離があり、調べるのは時間がかかりそうだ。しかし、放っておくとさらに酷い事になりそうな予感がして、カイルはレティシアの捜索を開始した。


レティシア失踪（しっそう）から三日目の夜。カイルは四軒目の別邸を捜索していた。万が一カイルの後からレティシアが来ても感づかれる事のないように、馬は上手に隠してある。

（ここにいなければ、また一から違う所を当たるしかない……）

軽く絶望を感じていると、玄関の扉が乱暴に開けられる音が響いた後、複数の足音が聞こえてきた。歩幅と足取りからして女ではない。足音の感じからも、体重（ウエイト）がそれなりにありそうだと感じる。泥棒かとも思ったが、こんな堂々と入って来る奴はいないだろう。

気づかれないようにそっと様子を窺（うかが）いに行くと、上背（うわぜい）のあるガタイのいい三人の男がいた。図体もデカければ声もデカイのかよく聞こえる。

「この邸で間違いねーのか？」

「ああ。こいつを地下に入れたら、そこで一旦報酬が貰えるらしい」

「ただでさえ、お隣の侯爵の弟攫うなんてヤバい仕事なんだしよぉ。それなりに貰わねぇとな」

男達はガハガハと下品に笑っている。

（お隣の侯爵の弟？　まさか……）

男達に阻まれてよく見えないが、黒髪の男らしき人が倒れている。グランドールの兄弟は見目がよく、社交界でも目立っていた。弟のオリバーとは直接話した事はないが、名前は知っている。あのレティシアも執着を見せていた。

恐らく、グランドール家でも騒ぎになっているはずだ。

このまま男達がいなくなってくれればカイルのみでの救出も考えたが、話の感じだとレティシアが来てから報酬の受け渡しが行われるようだ。その後も、追加でこの男達にこの邸の護衛を頼むかもしれない。

悩んだ末カイルは馬を走らせ、グランドール家へ知らせる事を選んだ。


話を聞き終えたオリバーは、急ぎウィルに宛てて協力を要請する書状を認めに行った。

アンネは玄関ホールでカイルと二人きりになった。カイルは、攫われたのが実はエリオットだと聞かされ、青白かった顔は今は白くなり、カタカタ小刻みに震えている。

「ちなみに、アンネ様……ファール商会と言うのに、聞き覚えございますか？　母に殺害された老人が言っていたのですが……」

アンネは記憶を探るまでもなく、不快な老人の事を思い出した。

「……はい、ございます。その商会は、数年前になくなっているはずです。その地下にいた男は、間違いなく私の父だと思います」

カイルはくしゃりと顔を歪めた。

「やはり……謝って済む事ではない事は、わかっています。ですが大変、申しわけありませんでした」

片膝をつき、頭を深く下げて最敬礼をもって謝罪するカイルに、アンネは瞠目した。暫く様子を見ていたが、カイルが全然顔を上げないので、アンネはしゃがんでカイルの顔を両手で持ち上げた。

「カイル様が謝る事は、一つもありません。父の事は（殴れなかった事だけが）非常に残念ではありますが、遠い東国に『因果応報』という言葉がございます。自らの過去の行いが自らに還るという意味ですが、父のその最期もまた運命なのでしょう。逆に、平民の罪人に対して丁重に弔ってくださり、ありがとうございます」

アンネはグイッとカイルを立たせると向き合った。

「それよりも、今はエリオット様の安否が気掛かりです！　絶対、助け出しましょう」

アンネがカイルの両手を取り、『同志よ……』と言う思いを込めて暫く見つめていると、みるみるうちに白かったカイルの顔が真っ赤になった。アンネは急にどうしたのかと思い、カイルをさらにまじまじと覗き込む。

「……ねえ、何やってんの？」

後ろからかなり低いオリバーの声がした。どうやらウィル宛ての書状を書き上げ、戻って来たようだ。アンネはオリバーに、片手で後ろから軽く抱きしめる形で強めに引かれ、カイルの手と離される。

オリバーのいつにない距離感に少し吃驚するも、後ろにいるオリバーの顔は見えない。まぁ、いいかと思い状況を伝えた。

「今カイル様から最敬礼でもって、父の死について謝罪を受けていましたので、必要ないと立たせておりました。後、二人でエリオット様救出の決意を強めておりましたの」

はぁ……と、オリバーが長いため息を吐いた。


エリオットが目覚めたのは、天蓋付きの広いベッドの上だった。

薄暗く見覚えのない部屋の中で目覚め、エリオットは自分に何が起きたのかを思い出す。ここで取り乱すのは悪手だと思い、なるべく冷静に五感の全てを研ぎ澄ませ、集められる情報を把握していく。家具の位置から逃走経路の動線の有無、自身の体の状態……。

取り敢えず、今は側に人の気配はなさそうだ。

身を起こそうとすると、腹部に強烈な痛みが走った。丁度鳩尾辺りを強く殴られたのか、軽く吐き気がする。しかし、幸い骨に異常はなさそうだ。

それよりも、両手足首が鎖に繋がれている事の方が問題だ。鎖はかなり短めで、起き上がる事もままならない。この部屋には窓もないため、時間の感覚がわからない。

(俺を攫った奴らは三人の男だった。目的は金か？　しかしあの時、男の一人はオリバーを探していたようだった。それにあの書状には、確かにバードリー家の封蝋が押してあった。あんなに強く、乱暴に殴りつけられていたクロウは無事だろうか……)

自分の知り得た情報を整理するためにも、そんな事を考えていると、唯一の扉が開き一瞬光が漏れた。すぐに閉じられたため、陽の光なのか洋灯の光だったのか判断がつかない。

長い銀髪を結いもせず、簡素なドレスを着た錆色の目をした女が姿を現した。薄暗い部屋でも淡く発光しているかのように白くよく見える。そして不快な香の匂い。

「レティシア・バードリー……っ！　貴様、一体どういうつもりだ!?」

エリオットは、今まで出した事もないような低い声を出して、レティシアを威嚇した。

「……はぁ。せっかくオリバー様とのひと時を味わってからと思っていましたのに、まさかエリオット様だったなんて……ツイていないわ」

エリオットの恫喝もまるで意に介さず、レティシアは心底残念そうだ。エリオットはレティシアのその様子を見て、思わず立ち上がりそうになるが手足の鎖に阻まれる。レティシアはエリオットのその様子を、さも愉しげに眺めて形のいい赤い唇を吊り上げた。

「……まぁ、でもエリオット様のお姿もとても……とても好ましいですもの。ふふっ、悪くないわね」

エリオットは、いまいち会話が嚙み合っていない気がして、初めてレティシアに対して恐怖した。

視線が合わず、フラフラとした足取りでこちらへ近づいて来る。

「……私、もうバードリーじゃなくなりますのよ。豚に娼婦と婚姻を結び直すから、離縁を言いつけられましてね。あははっ……馬鹿馬鹿しい」

エリオットは素早い状況判断でなるべくレティシアを刺激しない方針に切り替えて、下手な事は言わないように努め、沈黙して様子を窺う。

そうしているうちに、レティシアがピタリと立ち止まり、小刻みに震え出した。

「……あの女が……あの女が私から、全てを奪っていくのよ……許さない許さない許さない許さない……」

数知れない人々に美しいと言われた顔は、今は見る影もなく醜く歪み、嫉妬に狂った醜悪な姿を晒していた。

「本当だったらあの女の父親を使って、ここに誘い出して複数の男に輪姦させるつもりだったのですけど、あの変な女だったら逆に悦ばせてしまうかもしれないでしょう？　それじゃあ、意味ないもの」

とんでもない事をクスクスと笑いながら言う女の狂気に当てられそうで、エリオットはなるべく距離を取りたいが鎖によって動けない。

「……だからね、あの女から奪う事にしたのよ。手始めにあの子の父親を、この手で殺してやったわ」

レティシアは楽しそうに話ながら、ベッドの上まで来る。エリオットは、レティシアが発した言葉の意味を理解できず、反応が遅れた。エリオットの頬を、レティシアの冷たい手がさすりと撫でる。

「……次に『大事な家族』とやらの貴方。私と気持ちいい事したまま、共に冥府神の身許まで参りましょうね」

レティシアの声は優しく囁くように耳朶に響く。エリオットは恐怖から払い除けようとするが、身動きできない。

「この鎖はね、お仕置きが必要な男娼用に作った物なの。だからね、抵抗しようとしても絶妙な距離でできないように計算してあるのよ」

レティシアは嘲笑うように笑い、怯えるエリオットを満足気に眺めながら、胸元から瓶を取り出した。

「大丈夫。このお薬を飲んだら、外してあげますからね。最期は二人で愉しまないと……」

「や、やめろっ！　なんだ、その薬は……」

とろりとした薄ピンク色の液体が、瓶の中でゆらゆら揺れている。

「あらぁ、毒ではありませんわ。初夜用の菓子はご存じでしょう？　あのお菓子に混ぜる原液ですわ。強力な媚薬なので、長時間放っておくと精神に障りが出てしまいますけど……濃すぎると、かえって効果が現れるのが少し遅いのが玉に瑕ですのよねぇ」

エリオットはゾッとした。

「どんなきかない男娼もこれを飲むと、効果覿面でしたわよ？　泣いて挿れさせて欲しいと懇願してきましたわ」

　エリオットは唇を引き結び、絶対に飲まないと断固拒否する姿勢を強くする。その様子を呆れたようにレティシアは眺めて、どこから出したのか短剣をベッドに深く突き刺した。レティシアの淀み濁った目は、焦点が定まっていない。

「これ以上私を拒絶するなら、アンネを殺すわ。一人殺すのも、二人殺すのも変わらないもの」

　そう嘯くレティシアの顔を、エリオットは信じられない思いで見つめるしかなかった。

　バードリー家の別邸へ向けて、三頭の馬が疾風の如く駆けてゆく。

「トレビス様!!　すみませんっ！　ご一緒に乗せて頂いてっ！」

「いえっ！　アンネ様、今喋ると、舌噛みますよっ！」

　黒褐色のよく訓練されているトレビスの馬は、乗馬に慣れないアンネを乗せていても、少しの動揺もなく、力強く大地を駆け抜ける。

　あの後、御者の男が医者を連れて、邸へと戻ってきた。何故か、トレビスも一緒に……。

　騎士仲間が負傷したのを、医者の所で介抱していた最中に駆け込んできた御者から『グランドール家が賊に襲撃された』と聞いて、ここに医者と共に駆けつけてくれたらしい。本当にありがたい。お世辞にもカイル、オリバーは戦闘向きとはいえないので、トレビスがいれば百人力だ。

　三人共アンネを置いていくつもりだったが、アンネがどうしてもと食い下がり、いつの間にかさっさと動きやすい服に着替え終えて、さらに「武器もあります！　足手纏いには絶対ならない」と言い張ったので、渋々同行を許した。アンネの腰には、布で巻かれた棒状の物がぶら下がっている。

ウィルへの伝達は御者の男にもう一度頼んである。オリバー、アンネ、カイル、トレビスの四人は別邸へ辿り着いた。気づかれない位置に馬を置き、外から中の様子を窺う。

正面側に破落戸二人が見張っている。カイルが見たという三人の内の二人で、やはり引き続き雇われているようだ。遠目から見てもかなり体格が大きい。

（これは、トレビス一人だと厳しいかもしれない……）

アンネは、どうすればあの難関を突破できるかを皆で話し合おうと振り向くと、この苦境に似つかわしくなく、トレビスが安堵したような顔をしている。

「あぁ、良かった。追加で五人以上雇われていたら少し厳しかったかもしれませんが、二、三人なら余裕です。突破しましょう！」

トレビスはそう言うと、こちらが是とするまでもなく、一人飛び出していき、二人相手に反撃の隙も与えず鮮やかに倒してしまった。


（アンネを、殺す？）

エリオットがこのまま抵抗し続けた場合、レティシアの精神状態を見る限り、本当にアンネを殺しに行くだろう。この執念たるや、どんな手を使ってでも必ず実行しそうだ。エリオットは自分が死ぬ事よりも、アンネを失う事の方が恐ろしく、その可能性が一％でも存在するのなら、とても容認できなかった。

クルクル可愛らしく変わる表情。

一生懸命勉強に励む真面目な性格。

救済院の子供達に見せる慈しみに満ちた瞳。

作った料理を美味しいと言った時の嬉しそうな笑顔。

（〝愛している〟と伝える機会は、幾らでもあったのに……）

エリオットは、自嘲気味に乾いた笑みを浮かべた後、目を閉じ全ての抵抗をやめた。

（ここで自分の死と引き換えに、この女を止められるなら……）

それを見たレティシアは、満足そうに笑いながら瓶に入った薬を口に含み、エリオットに口移しで飲ませてきた。気持ち悪く、吐きそうになるのを必死に堪える。

「……飲んだのだから、早く鎖を外してくれないか」

レティシアは唇に付いた薬を舐め取りながら、ニタニタと気持ち悪い笑みを浮かべている。一人ベッドから降りて、エリオットの様子を観察するつもりのようだ。本当に趣味が悪い。

「あら、まだダメよぉ。私、か弱い女ですもの。薬がちゃんと効いてくるまで、強く抵抗されたら勝てないもの」

エリオットは思わず悪態を吐きそうになったが、その全てを飲み込んだ。

（………もう、何もかもどうでもいい）


アンネ達四人は、地下への階段をトレビスを先頭にして駆け降りていた。地下の通路は、すでに光が灯されており、明らかに誰か通った後だ。カイルが、レティシアのいつも使うのは突き当たりの部屋だと言うので、通路を全速力で駆けていると横の空き部屋から木製の扉がブチ破られ、巨漢がトレビス含む男性陣目掛けて、体当たりしてきた。破落戸の最後の一人だ。

トレビスは体当たりを軽く躱し、渾身の一撃が失敗し体勢が崩れた巨漢を他の空き部屋へと蹴り入れ、戦闘に入った。カイルとオリバーも、直撃こそしていないものの、飛んできた扉の破片に当たり、それなりにダメージがありそうだったが、怪我はしていないようだ。

(残るはレティシアただ一人。今の内に、突き当たりの部屋へ！)

アンネは一人、全速力で突き当たりの部屋を目指した。後ろから、オリバーとカイルの止める声が聞こえたが、もう待っていられない。

(早く……早く、エリオットの無事をこの目で確かめたいっ!!)

ガァン!!! と扉を開けると、アンネの目に信じられない光景が映る。鎖に繋がれ、虚ろな目でこちらを見るエリオットと、邪魔が入った驚きと苛立ちなのか、爛々と見開いた目でこちらを睨みつける、レティシアの姿があった。

アンネは怒りで目の前が赤くなった。前世と合わせても、こんなに誰かに怒りを露にしたことはない。

(エリオットは、こんな仕打ちを受けていい人じゃないっ!!)

レティシアはアンネの姿を視認すると、ベッドに突き刺さった短剣に手を伸ばした。どういう経緯でベッドに短剣を突き刺してあったのかは謎だが、レティシアの目からは最早理性は一切感じられない。アンネは、レティシアとことんやりあうしかないのかと、一瞬で決意を固める。下手に手心を加えれば、こちらが危ない。レティシアの思った以上に短剣は深く刺さっていたのか、アンネの方が動きが速い。

アンネは、丸腰では連れて行ってもらえないと思い、一応武器として持ってきた硬い木製の巨大な張型の柄をしっかり両手に握った。リーチが若干短めだが、素早くレティシアの懐に入り、フルスイングで顔めがけて振り抜く。普段、子供達と遊ぶ事も多かったため、そこらの貴族令嬢では考えられない程、足腰の力は強い。

「!!! つぐ、このっ!!」

こめかみから血を流しながらも、レティシアはまだ戦意を失っていない。短剣を握りしめ、こちらへ向き直るがアンネも追撃の手を一切緩めず、再びレティシアの頭に張型を叩きつけた。打撃の衝撃で、張型の先頭部分と棹が分離するようにボキリと折れる。

『そんなにチ●ポが欲しいなら、これでも食ってろ!!』

アンネは前世の言葉で口汚く罵り、倒れたレティシアへ向けて折れた張型をぶん投げた。

アンネは、普段使わない筋肉を短時間で酷使したせいで、いまさらながら腕と膝がプルプルと震え出す。しかし、レティシアに対する仕打ちの後悔は、微塵もない。ゼェゼェと肩で息をしながら、視線を感じて後ろを振り返ると、エリオットが呆然とこちらを見ていた。

「エリオット様! 大丈夫ですかっ!?」

「! あ、ああ……」

アンネは、戦闘後の興奮そのままにギラついた雰囲気でエリオットに向き直ったため、若干ビビりながらもエリオットは返事をしてくれた。

「いや……俺の事はいいんだ。それよりも、こんな所に来たら危ないだろう！」

鎖で縛られて弱々しい姿を晒しているくせに、エリオットのお小言は健在だ。しかし、それがエリオットの確かな無事を意味しているようで、アンネはポロポロと涙が出た後に膝から崩れ落ちた。

「無事で良かったぁ……」

「……」

アンネのその姿を見て、エリオットは穏やかに微笑(ほほえ)んでいた。この時アンネは、それを無事に助かった安堵から来る笑みだと思っていた。

「アンネ……さっきの言葉は、なんて言ったんだ？」

「え。……えーと『道理に反する事を、なさってはなりません！』的な……」

(おおよそ合ってる。うん)

エリオットは、感心しきりという顔をしている。

「その言葉いいな。俺にも、教えてくれ」

「えっ！　いやぁ……発音……が、難しいと思うので……」

耳に馴染(なじ)みのない異国の言葉を淀みなく話すアンネに対して、尊敬を込めた目で見てくるものだからいたたまれない。なんとかして断る方向へ持っていく。

「そうか……」

エリオットは少し残念そうだったが、納得してくれたようだ。何とか誤魔化せて良かった。危うく、とんでもない言葉をエリオットに伝授してしまうところだったが、回避できて本当に良かった。

エリオットは穏やかな微笑みのまま、アンネを真っ直ぐに見つめる。

「アンネ、今……君に言っておきたい事がある」

「はいっ！　なんでしょう？」

「君の事を愛している。どれだけ時間がかかってもいい。君からも……いつか、一人の男として愛してもらえるように、今まで以上に尽力したいと思う」

突然のエリオットの告白に、アンネはすぐに言葉を口にすることができない。

その時、オリバーとカイルが部屋へと突入してきた。

「この！　バカ女っ!!」

オリバーは兄の痛ましい姿が見るに耐えなかったのか、直ぐに鎖を取り外しに掛かり、今はアンネのお説教タイムだ。

カイルは複雑な顔をしながら、自らの母親の生死を確認していた。レティシアは顔の骨が砕けて腫れ上がり、誇っていた美貌は見る影もなく、意識もなくしているが、どうやら死んではいないようだ。張型が折れたから、衝撃が分散したのかもしれない。

「どれだけ、心配したと思ってるんだ！　無事だったから良かったものの……」

「すみませんでした……」

アンネは素直に謝った。だが、多分また同じ状況になれば、同じ事を繰り返すだろう。しかしこれを言えば、オリバーの説教時間を徒らに伸ばすだけなので、殊勝に謝罪の言葉のみ述べる事に努める。鎖が全て取り払われ、エリオットが自分の手首や体の調子を確認している。

(取り返しがつかなくなる前に、助けられて本当に良かった)

アンネがそう思っていると、少し遅れてトレビスが部屋に入ってきた。

「すみません、遅くなりました。あの男達を縛るものを探していて。あぁ、グランドール卿。よく、ご無事で……」

トレビスは言葉の途中で、部屋の匂いを嗅ぐように反応した。鋭い騎士の眼で、匂いの発生源を探して部屋中を見回す。そういえば、微かになんとも言えない甘ったるい匂いがするが、香か何かかと思っていた。

(でも、どこかで嗅いだ事がある……)

トレビスはベッド下に転がっていた、まだ少し滴の付いている瓶を手に取った。トレビスはそれを険しい顔で見た瞬間、エリオットに近づいていき、口元の匂いを嗅ぐ。一瞬、エリオットといきなりキスでもしそうな勢いで、トレビスが近づいたものだから、アンネは少しドギマギした。

「……グランドール卿。これを飲んでから、どれくらいの時間が経っておられますか?」

静かに部屋に響く声だった。エリオットは、トレビスの緊張感のある問いかけにも、動じた様子はない。

「……恐らく、半刻経たないくらいか」

トレビスは眉を顰めて、エリオットを見た。

「なぜ……なぜ、早く言わないのですかっ‼」

アンネ達三人は、トレビスが急に怒りだした事態についていけない。

「トレビス様、一体……」

「アンネ様、今すぐエリオット様はプレジエールへ行かなければ」

（え、何故に娼館？　戦勝会的な？　闘いに滾（たぎ）った精神を鎮（しず）めに？）

今この空気の中でそれを言うとは、この青年はなかなかの勇気の持ち主だ。

アンネの頭の中は、ハテナでいっぱいだった。オリバーとカイルの二人も、突然のトレビスの発言に戸惑（とまど）っているようだ。アンネは、トレビスの突飛な発言の真意を探ろうと、エリオットに視線を移す。彼は、先程と同じく穏やかに微笑んでいる。

そのエリオットの微笑みに、背中が何故かざわりと粟立（あわだ）った。

「トレビス様、それ……飲むと、どうなるのですか？」

「トレビス・ハーヴィ。それ以上の発言は、グランドール侯爵として許さん」

この世界での身分差は絶対だ。特に縦社会である騎士であれば、なおさら身も心にも叩き込まれているだろう。トレビスはエリオットの強い口調での命令に、ビクリと身を震わせ、一瞬口を噤（つぐ）んだ。しかし、やはり身分差を超えた緊急事態と判断したのか、再びエリオットを説得しようと口を開く。

「……とにかく、今からすぐプレジエールへ向かえば間に合います。急ぎましょう！」

「いや。俺は行かない」

エリオットは目を伏せ、首を横に振った。

「俺は、気持ちに添わない相手と、そう言う関係になる気はない……俺の事は、大丈夫だ。カイル・バードリー、トレビス・ハーヴィ。この恩は忘れない」

エリオットはこちらへ向き直り、微笑んだ。

「オリバーもアンネも、感謝する。……うちへ帰ろう」

カイルとトレビスは、そのままウィルの編成部隊と合流し、事後処理や報告をすると言うので、ここに残るという。アンネとオリバーとエリオットの三人は、トレビスの馬を借りて先に帰る事になった。

トレビスは、最後まで何か言いたげにしていたが、エリオットの睨みにより伝える事は叶わず、アンネは結局よくわからずに、そのまま彼と別れたのだった。

帰りはエリオットとの相乗りだった。オリバーは、エリオットの体調面等から軽く反対したのだが、エリオットはどうしてもと譲らなかった。

エリオットと馬に乗るのは、別に初めてではない。相変わらず、しっかりとした体幹で支えてくれて馬上でも安定している。ここから邸までは、そこまで遠くはない。

「エリオット様、本当に……体調、大丈夫ですか？」

「ああ、とても気分がいい」

エリオットの、いつもどことなくある不機嫌さは今は一切なく、とても機嫌が良さそうだ。こんな大事件の後だというのに不自然な程……。

「君は……とても、いい匂いがするな」

「え……？　ひぁっ」

後ろから軽く抱きしめられ、首筋にエリオットの息がかかる。エリオットとは、何度も一緒に馬に乗った事があるのに、こんな事をされたのは初めてだった。

「……あぁ……すまない」

「いえ……あ、あの私、今凄(すご)い汗臭いと思うんですが」

激しく動き回っていたので、帰ったら即行で湯浴(ゆあ)みしたいくらいだ。

「そんな事ない。この匂いも……細い腰も……」

エリオットのアンネを軽く抱きしめていた腕が、一瞬だけ怪しく動いた気がして、アンネは動揺した。

「えっ……と。あ、あの……」

「……すまん、忘れてくれ」

エリオットは後ろにいるので、どういう意図でしているのか顔が見えないので、よくわからない。冗談でこんな事をする人では、決してないのだが。アンネは、この変な空気を誤魔化すように、バードリー家の別邸でエリオットがアンネにしてくれた話を切り出す事にした。

「あの……先程の邸で、エリオット様にいただいたお言葉なんですけど……」

「急がないと言っただろう？　俺は……どうしてもあの時、直ぐに伝えたかったんだ」

その時だけは、いつもの不機嫌さがあるエリオットに戻った気がした。

その後も、エリオットから今までされた事のない行動と、時折盛大に放たれる色気に当てられて、本邸に着く頃には、アンネの精神力はゴリゴリに削られていた。着いてすぐに、エリオットは『疲れたから』と言って私室に籠もってしまった。アンネとオリバーは、彼のその様子を呆然と眺めていた。

「……兄さんの様子、おかしくない？」

「はい……なんか、エリオット様らしくありませんし」

そうは言っていても、本人が大丈夫と言うからには深追いするのもどうかと思い、取り敢えずアンネの私室に行き、ドアを開けた。

「じゃあ、僕はこのままクロウの様子を見に行くから……」

「あ、はい。わかりま」

アンネが扉を閉めながら答えようとした所で、バンッとオリバーが扉の間に足をねじ込んできて閉めさせまいとした。

「ちょっと、待った！」

アンネの私室に、オリバーがスタスタ入ってくる。ここの兄弟は二人共、本当にやる事が読めない。オリバーは、アンネの部屋の匂いを嗅いでいるようだ。女性の部屋の匂いを嗅ぎ回るなど、常のオリバーでは有り得ない行動だ。

（でも確かに、微かにさっきと同じあの甘い匂いがするような……）

しばらく、キョロキョロと部屋を見回していたオリバーが、ある一角で足を止めた。

「君、これ……」

　オリバーが見つけたのは、アンネが街で購入した初夜に使う菓子だった。オリバーは記憶を探るように、少し考え込んで、顔を徐々に青褪(あおざ)めさせる。

「……夜会とか、男同士の社交の時に、たまに面白おかしく語られることがある。初夜の花の菓子に混ぜられている、媚薬について」

　オリバーの手が震えている。

「僕には、縁のない事と思って話半分に聞いていたし、菓子自体見た事なかったから、ピンとこなかったけど……」

「媚、薬……」

「お菓子に混ぜてある媚薬の原液はとても強力で、国から認可されている店でしか取引できない。もし、横流しなんかすると、一族郎党(ろうとう)死罪もあり得るほど、危険な薬なんだ」

　嫌な予感で胸がドキドキする。

「……それでも正しく使うだけなら、後遺症(こういしょう)もないし依存性(いぞんせい)もない」

「それ……もし、正しく使わなかったら？」

「使用後に長時間異性と交わらず放置すると……精神が壊れるって聞いた」

「!!」

　オリバーの話を聞いて、アンネは声にならない悲鳴を上げた。

エリオットは邸へ着いて早々に、部屋へと立て籠もっていた。
(クロウの様子を見に行きたいのに……)

しかしこれ以上アンネの側にいると、無理矢理にでも部屋へと引き込んで、強姦してしまいそうな自分に恐怖した。馬上での、アンネの反応が可愛い過ぎた。危険だとわかっていたが、アンネの温もりを胸に抱き、この苦しみを乗り越えられたらと、淡い期待をしていた。結果は大失敗で、思い出してはより苦しんでいるだけなのだが。

あの監禁されていた部屋にアンネが来た時、あんな姿を彼女にだけは見られたくなかった。
(しかし、彼女を本気で怒らせるとあんなに怖いとは……)

先程の救出劇を思い出して、エリオットの口角が少し上がる。自分を保ててる内に、想いを伝えられて良かった。このアンネに対する想いは、体の中を蝕む忌まわしい薬により、自分が壊れた後に譫言のように繰り返したとしても、きっとアンネには届かないだろう。

そう思い目を閉じると、厳重に鍵をかけた部屋がノックされた。最初は軽く、徐々に激しく。それでも開けないでいると、ガァン！　ガァン！　と扉が揺れる。何事かと思い見ているとバァン‼と扉を蹴破って入ってきたオリバーと、怒りを含んだ顔のアンネがいた。エリオットは動揺して、言葉がすぐ出てこない。

「お、おい……なにを」

「エリオット様！　今すぐ私と二人で性交するか、オリバー様にも手伝って貰い、無理矢理エリオット様をひん剥いて『３Ｐ』にするか。二つに一つ選んで下さい」

「はあぁ!?」

エリオットの部屋へアンネとオリバーが突撃する数分前。

「え、精神壊すって……それって、自己処理とかではなんとかならないものなんですかね？」

「……わからない。詳しく聞いていなかったから」

この薬に詳しかったであろうトレビスは、今いない。そもそも自己処理で済むのなら、あの時の緊迫した雰囲気の最中、真面目なトレビスが声高に娼館行きを勧めるだろうか。

「先程のトレビス様の焦り方から見て、あの時馬を飛ばしてプレジエール行って、ギリギリだったんですかね……？」

「……」

思っていた以上に、時間がないのかもしれない。

(もーっ！　何、後生大事に童貞を抱えたまま、精神を壊そうとしてんだっ!!)

いや、アンネもわかっている。これはきっと、エリオットなりに考えた結果なんだ。エリオットはこんな形で誰かと繋がる事が嫌で、あの時トレビスの発言を制したんだろうから。

ところで、エリオットがトレビスに言っていた「気持ちに添わない相手と、そう言う関係になる気はない」と言うのは、やっぱりお互いが思い合ってからと言う意味なんだろうか、とアンネは考える。アンネは前世の記憶があるからなのか、元々の気質なのか不明だが、男女間の細やかな機微がわからない。

エリオットの事は好きだ。家族としても、人間としても……だが、これが男女の愛なのかまでは、わからない。しかし、アンネの気持ちがエリオットと同等になるのを待っている時間は、今はないのだ。

今の頼みは、オリバーの聞きかじり程度の情報のみで、もし本当に異性同士の交わりでしか媚薬の効果が切れないのであれば、今エリオットを救えるのはアンネだけしかいない。アンネは別に、自分が処女である事に深い思い入れはない。使う機会が今までなかったから、使ってないだけだ。しかし、もし性交する事になった場合、お互い初めて同士だから悲惨な事になる可能性が高い。

(うーん……あ、そっか)

「え……ちょっ、君……何してんの？」

急に菓子を手に取ろうとしたアンネに、オリバーは驚き、アンネの手首を掴んだ。

「いや、初めては多分痛いですし……私も、これ食べれば少しは緩和されるのではと」

オリバーはギョッとしたように驚き、目を見開いた。

「……それ、本気？　アンネはそこまで兄さんの事……」

「まぁ、元々私の処女などあってないようなものですし。媚薬を抜くという医療行為の一環と考えても、適切かなーと……」

オリバーはアンネのその言葉を聞いて、少し泣きそうな顔をした気がした。

「アンネは……」

「？　はい」

「………いや、何でもない」

オリバーはある質問をすべきかを逡巡しているようだったが、決断したように首を横に振った。

「それでも、エリオット様に激しく抵抗されたら、どうしましょうか？」

アンネだけでは、エリオットに、そのまま部屋の外へ追い出されてしまう可能性が高い。かと言って、さっきの今で、また縛りあげるのは気が引ける。

オリバーは少し俯き、意を決したように顔を上げた。

「アンネが良ければ、必要であれば僕も手伝うよ」

◆◆◆

「さ、さんぴー……？」

「はい、複数人で性交に及ぶ事です」

エリオットの息を飲む音がした。

「……初夜の花の菓子に使う薬を、飲まされてたんですね」

エリオットは視線を泳がせた。症状はだいぶ出ていそうだ。もう取り繕う顔すらできていない。顔が上気し、息遣いも少し荒く見える。何か男のくせにやたらと色っぽい。混乱しているであろう、エリオットを他所に、アンネは言い募る。

「まぁ、今回の場合正確には、エリオット様が激しく抵抗する意思を見せた場合に、オリバー様が押さえててくれる役を買って出てくださったので……流石に、あんな事の後で、また縛り上げるのはどうかと思いますし」

「なっ!? オ、オリバー……」

エリオットはチラリとオリバーを見た。きっと否定してくれるのを期待して、視線を送っているのだろう。しかし、オリバーのブラコンは筋金入りなのだ。彼からはむしろ「兄さんのためなら、何でもする」くらいの意気込みすら感じる。エリオットは、オリバーも頼りにならない事を悟り、長くため息を吐いた。

「何を、馬鹿な事を……今すぐ二人共、出て行ってくれ」

(あーーーっ！ もう、わからずや!!!)

アンネは本日二度目にブチ切れた。

「私は、エリオット様をこんな事で失いたくありません！ そのためなら、この体でよければ何度でも捧げられます」

エリオットを睨みつけ、はっきりとした口調で話す。

「私は、エリオット様を助けられる可能性があるのに、それを惜しむほど、処女にも別に固執してませんっ！」

エリオットはハッとしたような顔をしてこっちを見ている。アンネは怒りながら話してて、何か段々と悲しくなってきた。

「ここまで言っても、私のこの気持ちはあなたの言う愛に足りませんか？ この想いは、気持ちに添わないと言われてしまうんでしょうか？」

（ええい！　ここまで言って駄目なら3Pコースだっ!!）

最早アンネはポロポロと泣きながら叫んでいた。

「エリオット様こそ、私を一人の女として見られるなら、私に貴方の初めてを下さいっ!!」

言葉を全て言い終えるやいなや、アンネはエリオットに強く抱きしめられていた。真正面からこんなに近くにエリオットを感じるのは、フリードとの事をカミングアウトした時以来だ。

「すまない……君に、そこまで言わせてしまって。……俺はずるいな」

鼓膜に響く、低く籠もった声だった。

「オリバー、すまん。アンネと二人にして欲しい。彼女の事は、絶対に傷付けないから……」

「ああ……わかった」

オリバーが静かに部屋を出て行き、辺りを静寂が包み、抱き合う男女がいるだけになった。

アンネはエリオットに力強く抱きしめられ、いまさらながら顔に熱が集まってくるのを感じた。とんでもない事を、口に出してしまった気がする。幾ら焦っていたとはいえ『初めてを下さい』など我ながら、なかなか破壊力のある発言だ。そして、少し冷静になると色んな事が気になり出す。

結局湯浴みできていない事。つい先程、オリバーが蹴破ってしまったため私室のドアが閉まりきらず、手前にある執務室がチラチラ見えている事。そして、エリオットの息遣いが荒すぎる事と、何か下の方に主張してくるものが当たる事。

アンネの背中にあったエリオットの腕は、片方は下方へ降りて行き、もう片方の手は、まるでアンネを確かめるように、背中から肩に回り、耳へと滑っていく。アンネは思っていた以上の羞恥に襲われ、堪らず気になった事を聞いてみる事にした。

「あ、あのっ、私……結局お風呂、入れていなくて。あと……蹴破っといてなんなんですが、執務室が見えてて、その……気になりませんか？」

　息遣いの事と、下のモノの事はもちろん聞けない。

「両方全く気にならない」

「あっ……そう、ですか……」

　キッパリと言われ、おずおずと上を見上げてエリオットと目を合わせると、いつものアンネにたまに見せてくれる優しい微笑みの中に常にはない色気と瞳の奥に確かに見える情欲があった。

「風呂は、後で一緒に入ればいい」

「え……あっ」

　アンネが何か言うよりも先に、口を塞ぐように深いキスが落ちてきた。何度も角度を変えてされる口付けに翻弄される。

(あれ？　君は、童貞だったのでは……)

　何だかこなれたエリオットの様子に、アンネは困惑した。激しい口付けだけで、すでに腰砕けになりそうだが、エリオットも余裕がないのか、容赦なくアンネの唇を貪ってくる。

　アンネが息も絶え絶えになった頃、ようやく唇が離された。互いの唾液で濡れたアンネの唇を、エリオットは愛おしそうに親指で拭ってくれる。その瞳から目が離せなくなっているうちに、いつ

の間にかベッドへと誘われ、服の留め具がどんどん外されていった。エリオットの意外な器用さが発揮され、アンネは気付くと一糸纏わぬ姿にされていた。アンネは、一人だけ裸になってしまった事に焦った。

「あ、あのっ！　エリオット様も、その……脱いで下さい。私一人だけ脱いでたら、恥ずかしいです……」

アンネは、自分の顔が恥ずかしさで真っ赤に染まっているのを見られたくなくて、視線を逸らせながら伝えた。エリオットは、そんなアンネを見て自分の中の欲がさらに掻き立てられたが、アンネを愛おしいと思う気持ちの方が勝り、頬に軽くキスを落とした後、自らも上着から順に脱いでいく。

細身だと思っていたエリオットだが、程よく筋肉がついた肉体はバランスが良く、麗しい顔と相まってなんだか『ありがたい』とまで思ってしまう。それに比べると、急に自分の貧相な体が恥ずかしくなり、隠そうとすると両手を軽く摑まれて首筋に口付けを落とされた。

「んっ……んぅ」

擽ったさに思わず声が出る。そのままべろりと首を舐められているうちに、腕がアンネの太腿を撫でそのまま秘裂へと指が割って入った。

「……確かここに、快感のみを拾う秘所があるんだったな？」

微かな笑いと多大な欲を含んだ声で、エリオットがアンネの耳元で囁く。アンネは、自分が教科書に書いた内容を言われ、ドキリとした。

「ここだけ攻めては、辛(つら)いんだろう？　胸も同時に攻めなければな」

「えっ!?　あ、まっ……て！　ぁ、あっ」

指で花芯(かしん)を弄(いじ)りながら、舌で乳首を見せつけるかのように舐め上げ、時折吸われる。繰り返し角度を変え、念入りに嬲(なぶ)られ、アンネは堪らずはしたない声を上げた。

「あっあっあん、ぁあぁあっあぁあ！」

その内にアンネの中で、快感が弾(はじ)ける。自分の膣(ちつ)奥からとろりとした蜜(みつ)が出てくるのを感じながら、はぁはぁと肩で息をしていた。そこで、ふと気付く。

これは、エリオットの媚薬を抜くための行為であり、それが優先順位として一番のはずだ。自分も、エリオットに奉仕しなければ。

「してもらってばかりで、すみません……私も、その……御奉仕させてもらって、いいですか？」

エリオットは一瞬動きが止まり、何かを耐えるように深く息を吐いた。

「いや、今のところ大丈夫だ。また……後で、頼むかも知れないが……」

「あ、はい。わかりました」

「俺の事は、気にしないでいい。……続けていいか？」

アンネが「はい」と言う前に、エリオットはアンネの内腿をさすりと撫であげ、両脚を大きく割り広げた。アンネが達した直後により、力が抜けて抵抗できない隙に、まんまとエリオットの頭はアンネの足の付け根に埋まる事に成功し、舌で花芽を舐め転がしだした。

「えっ!?　あっあっ、だ、だめです！　汚いんですってっ」

「君に汚い所などない。……全てが愛おしい」

（いや！　あるっ、めっちゃある！）

抗おうにも、ガッチリと太腿を固定されていて動けない。時折、ヂュッヂュッと、エリオットがアンネの蜜を舐め啜る音が部屋に響き、いたたまれない気持ちにさせられる。

「ぁあっ、また、いっちゃう！　ぁあっ、ぃあっ、あああ！」

アンネが抵抗しようとすればするほど、さらに丁寧に嬲られて、最早ドロドロに濡れていた。エリオットの舌により、アンネは二度程イカされて、ベッドの上で、くてりとしどけない姿を晒している。こんなに丁寧にされるとは、完全に予想外である。薬の効果により、多少乱暴にされる覚悟もあったのだが。

アンネの秘裂の中に、エリオットの指が一本入ってくる。異物感に思わずビクつくが、痛みは全くない。その後二本、三本と増えていき、動く指がいい所に当たり、身体が勝手にビクビク反応する。流石にエリオットの長く男らしい節のある指が三本も挿入ると多少の異物感がある。

しかし、アンネが万が一にも痛く感じていないか反応を見逃さないように、エリオットが気遣ってくれているのを感じてなんだか気恥ずかしいが、そのおかげで痛みはない。

自分が酷く、だらしない顔をしている自覚はあるが、結局どうすることもできず、不安げにエリオットを見るしか手立てがない。そんなアンネを慈しむように、エリオットは身体中に口付けを落としてくれる。ここまで丹念に愛撫してくれるのであれば、一応初夜の菓子を持っては来たが全く必要なさそうだ。

「君の持っていた張型には、遠く及ばなくて申しわけないが……」

エリオットがトラウザーズを下ろし、完全に勃ち上がったものを出して、冗談交じりに言った。

それは十分凶悪に見えて、作り物の張型よりも迫力があり、これが今から自分の中に入るのかと思うとアンネは本能的に怯えた。エリオットは、アンネの怯えを感じ取ったのか安心させるようにキスをしてくれたのだった。


エリオットは薬に浮かされながらも、決して自分の欲望によってアンネを傷つけてはならないと、強靭な精神力で事を進めていた。普段から自分を律しがちなエリオットは、薬の影響により膨れ上がる自らの欲になんとか耐えていたが、それももう限界が近づいていた。経験値が全く足りないせいで、性急になってしまっている感は否めない。

実際には、もう十分ほぐれている状態なので、挿入しても問題はないのだが、エリオットはしつこい性格の持ち主なので、アンネとの初めての交わりは、本来であればもっともっと蕩かしてからにしたかった。アンネのぬかるんだ秘所へ、エリオットのモノを宛てがうとアンネは恐怖からか、少しずつ上へ逃れようとしている。放っておくと、ズリズリと上に行ってしまうアンネの腰を捕まえて引きずり下ろした。申しわけなくは思ったが、ここまで来るとエリオットも、もう止まる事はできない。アンネはエリオットにより下へと引き下ろされて、目に見えて焦っている。食べられる寸前だと言うのに逃げようとされると、逆に追いたくなるのは本能から来るものなのかどうなのか。

「え、エリオットさまっ!?　なんか……なれてません？　私の方が、いっぱいいっぱいな気がするんですけど……！」

エリオットはアンネに予想外の事を言われて、瞠目した。

(慣れてる？　俺が？　そんな事、あるはずがない。だが、手順はわかる。アンネの座学で習ったから)

「あぁ、君の教科書を読んで学んだからな。おかげで、君を必要以上に苦しめなくて済みそうで、安心した」

アンネはエリオットを不安気に見上げている。アンネの頬は上気しており、上目遣い気味に見てくる表情を見ていると早く突き入れたい衝動に駆られる。己の獣性を抑えるためにも、アンネから視線を外し額に口付けを落とした。

「まぁ、わからない事も沢山あるからな。それは追々、試して行きたいと思う」

『アンネで』とは言わなかった。言葉じゃなくて、行動で示したい。もし、彼女と二度目が許される関係を構築できたとしたら……できる事なら、こんな形ではなく、想い想われた関係で繋がりたい。貴族の男の考えとは到底思えない、ひどくロマンティックな願いだ。

「……さて、挿れるぞ」

エリオットのモノが、アンネの隘路(あいろ)へ割り入る。

「うぁっ！　あっ、あ」

「……っく、狭いな」

エリオットは少しずつ、しかし確実に奥へ進んでいく。アンネをもっと気遣いたいところではあるが、エリオットも気を抜けばあっという間に放ってしまいそうになる。薬が抜ければそれでいいのかもしれないが、せっかく好いた相手と褥を共に出来るのに、思う存分堪能したいという下卑た考えが鎌首を擡げる。エリオットが飲まされた媚薬は欲望に正直になる性質もあるため、常よりも欲望に忠実だ。これでも彼は、最大限自制している。

先程も、アンネが『私にも御奉仕させて下さい』と潤んだ瞳で言うものだから、情けない事にそれだけで出そうになった。アンネの発言を思い出していると、意図せず中に挿入っているものの質量がさらに上がってしまい、アンネに涙目で睨まれた。そのまま処女膜を突き破り、自身の全てが収まる。結合部から少し血が出てきたのを見て、本当に自分がアンネの初めての相手になれたと実感し、エリオットは嬉しくなった。

「……これで、全部入った」

「あ、まっ……て！　まだ、動かないで」

アンネの、いつもどこか余裕な雰囲気はなくなり、無意識に縋ろうとするのがエリオットの肩で、愛おしさがさらに込み上がる。

「……あぁ。しかし、辛そうで可哀相だ。ここを弄れば、多少は良くなるのか？」

段々慣れてきたのをアンネの顔から読み取り、わざとアンネの花芽を親指で撫であげた。

「！　あっ、だめっあぁっ！　エリオ……トォ」

駄目と言いつつ、かなりいい反応でアンネが軽く達したのを感じた。動いていないのに、達した事で膣が締まり、中がエリオットを搾り取るように蠢いたため、また持っていかれそうになり焦る。

「すまん！　動く」

「ああ！　まだ、イってるの……にぃ！　あっあっあんっあぁぁ！」

アンネが深く穿(うが)たれ、堪らず仰(の)け反(ぞ)りさらに高みへと達したのを感じながら、エリオット自身もビュクビュクと、かなり大量に吐精(とせい)した。

お互い肩で息をしているとアンネと目があった。優しく、慈愛に満ちた瞳で微笑まれ、この世にこんなに美しいものがあっていいのかと思う程だった。

「だいぶ……良くなりましたか？」

自分の方が体が辛いだろうに、両手でエリオットの頭をくしゃくしゃと撫でてくれた。物心ついてからは、親にもされた事のないその愛情溢(あふ)れる行動に、アンネの中にまだ収まっていたものがすぐに元気を取り戻す。

「……すまない、まだまだ足りないようだ」

アンネは一旦抜かずに、またすぐ質量を取り戻しているのを感じて『え!?』と動揺している。いつも飄々(ひょうひょう)としている彼女を焦らせているのは自分なのだと、気分が良くなる。優しくしたいのに、もっと追い詰めたいと言う矛盾(むじゅん)した思いが湧き上がった。

「何度でも、捧げてくれるんだろう？」

アンネの耳元で囁いた声が酷く甘えた、強請(ねだ)るような声でそれが自分から出た事に驚いたが、耳朶の隅まで真っ赤に染まり頷(うなず)くアンネを見てエリオットは理性を手放した。

結局、アンネが解放されたのは翌日の夕方を過ぎ、そろそろ夕食と言う頃だった。

(こ、腰が……)

エリオットは薬の影響なのか、出してもすぐに回復して何度も何度もアンネの中へと精を放った。三度目を致した後に、エリオット自身が湯浴みの準備までしてくれて、アンネが一人で洗えると言うのも聞かず隅々まで洗われた。

テキパキとリネンもエリオットが取り替えて、ようやく眠れるのかと思ったのにさらに続けるものだから、媚薬の恐ろしさを身をもって体感することになった。姫の閨指南の教科書にも、是非記しておこうと心に密かに誓う。動けない屍のようなアンネの代わりに、エリオットは夕飯を取りに行ってくれて、手ずから食べさせてくれた。

「……薬が抜けて、冷静になって考えたのだが」

「?」

「3Pとやらをする可能性があったと言う事は……オリバーとでもアンネはできると言う事か?」

(それは……中々、痛い質問だ)

「これは想像の域を出ませんが、もしオリバー様がエリオット様と似たような状況で、助けられるのが私しかいない場合は……すみません、オリバー様を見捨てるって選択肢はないと思います」

何となくエリオットを見られない……でも、彼に対して下手な嘘は吐きたくない。

「その時、私の体を使うのか、他の道を模索するかは不明ですけど……お二人共同じくらい、私にとって大事なんです」

しかし、そもそも女嫌いのオリバーがアンネに縋る状況が思いつかない。今回のように、強力な媚薬を飲まされた場合はわからないが、そうそうない事だろう。

「……そうか」

エリオットは少し気落ちした様子だったが、すぐに気を取り直したようで、そのまま夕飯を食べさせてくれた。

アンネはエリオットから夕飯を食べさせて貰い、思った以上に回復していた。これが生粋の深窓の令嬢であったなら、今頃も死んだように寝るしかなかったのだろう。しかし、アンネは普段子供達を相手に全力で遊んでいたので、基礎体力はそこそこあった。もう少し時間をおけば、普通に歩けるようになるだろう。

夕食の後にエリオットが真剣な顔をして、アンネの正面に跪いた。アンネは何事かと思い、彼を見つめる。エリオットはそっとアンネの両手を持ち懇願するかのように、碧の瞳を揺らめかせた。

「正式な求婚は姫の指南の後にするが、どんな形であろうと俺はアンネの側で、共に生きたい。たとえ俺と君の気持ちの重さが違っていたとしても、俺はずっと君の事を一番に想っている」

エリオットの真っ直ぐ誤魔化しなく告げられる言葉に、アンネはすぐに返事が返せなかった。アンネが困惑している事を読み取り、エリオットは憂いを秘めたように柔らかく微笑み、今は結われていない長い髪の毛を一束手に取ってキスを落とした。アンネはエリオットにかける言葉が見当たらなくて、ただただ彼から穏やかに寄せられる好意と、無償の愛情に翻弄されていた。

エリオットは言うだけ言って、「食器の片付けと。用事を済ませるから」と言って出て行ったので、アンネ一人で私室で先程のエリオットとの事を考えていた。しかし、考えが全く纏まらず取り敢えず寝てからまた考えようと思った時に、隣の執務室から微かにノックが聞こえた。

どうしようか悩んだが、急ぎならいけないと思い、淑女らしくなく大声で「どうぞ～～!!」と、返事を返した。ガチャリとドアノブが回り、一瞬エリオットが戻ったのかと思ったが、入室してきたのは酷く思い詰めた顔をしたオリバーだった。


夕食が終わった後、オリバーは私室に籠もっていた。今日はエリオットの代わりに仕事をしていたので、身体は疲れているはずにもかかわらず全く眠くならない。

(考え事をしたくないから早く寝たいのに……)

エリオット救出前に、アンネが顔を赤くしたカイルの手を両手で握りしめて見上げているのを見た時、明らかに嫉妬して思わず引き離した。これがアンネに対する恋慕から来る嫉妬心なのか、ただ『家族』が奪われるかもしれないという焦りから来た嫉妬心なのかはオリバーにもわからなかった。

昨日のアンネのあのぶっ飛んだ提案の『複数での性交』だって、拒否しようと思えばいくらでもできた。しかし、しなかった。オリバー自身、きっとどこかでそうなれればいいと期待していたのかもしれない。

純粋にエリオットを助けたいと願うアンネの気持ちに便乗して……なんて浅ましい。二人はそのまま婚姻を結ぶだろう。二人に対して今までと同じような距離感ではいられない。自分はこれから仲睦まじく過ごす二人を側で見ていて、耐え切れるのだろうか。

（いや、いいんだ……それが、一番いい。だって、僕は……）

思考の海に沈んでいた時に私室をノックされ、エリオットが入ってきた。顔色が良くなり、昨日とは比べ物にならない。

「すまん。少し、話してもいいか？」

「……大丈夫だよ。兄さん、治って本当によかった」

昨日の、焦点がまるで定まっていないエリオットは明らかにおかしくて、万が一このままだったらどうしようかと不安だった。

「あぁ、アンネには感謝しかない。お前にもだ、オリバー」

何かを吹っ切ったような晴れ晴れとしたエリオットの姿は、身内の贔屓目抜きにしても潔く格好いい。

「姫の閨指南が終わり次第、俺はアンネに結婚を申し込もうと思っている。オリバーには先に言っておかなければと思ってな」

ズキリと胸の奥が痛んだ。

「……兄さんなら、アンネの事を大事にするだろうし、きっといい家族になると思う」

オリバーは、自分が一体どんな顔をして祝いの言葉を述べているのかわからなかった。

「オリバー、お前も想いを伝えてこい。アンネはきっと……何もかも受け入れてくれる」

オリバーは、エリオットが何故こんな事を言ってくるのか理解できなかった。万が一自分を受け入れてくれたら、何だと言うのか。

「……そんな事して、アンネが万が一僕まで受け入れたとしたら僕達二人でアンネの夫って事？　……それこそ名実共に『トラアールの兄妹』じゃないか」

(まぁ、別にアンネと自分達は血は繋がってはいないけども)

しかし、それは笑える。オリバーは「何を、馬鹿な事を」と言う思いで皮肉げに笑い、エリオットを見た。しかし、当のエリオットは全く笑っていない。兄がこういう冗談を言わない男だというのは、オリバー自身が一番よく知っている。

「俺は、アンネがお前の事も受け入れるなら……それでもいいと思っている」

「……は？」

「この国の貴族の女達は第二、第三夫人に対して嫉妬するのは見苦しいと教わると言う。俺達も……そうなれないだろうか？」

あまりのエリオットの提案に、オリバーは驚いて声を上げた。

「……え!?」

「一妻多夫は前例がなく法律自体ないからな。面倒だからあくまでアンネは俺の妻として届け出る……だが、万が一アンネに今後子供ができた場合、それは俺達二人の子だ」

エリオットは一見普通に見えるが、実は昨日の薬の影響により精神が壊れてしまっているのではと、オリバーは一瞬疑った。しかし兄の目は真剣そのものであり、残念ながら正気のようだ。

「……だが、それはアンネが俺もお前も受け入れた場合だけだ。もしお前もアンネを望むのなら……思いを精一杯伝えてくるといい」


「オリバー様、ベッドの上からすみません。でも起き上がれるようになっただけでも、大変な進歩で……」

「いや……全然かまわないよ。体辛いだろうにごめん、どうしても、聞いてほしい話があって」

座る場所まで歩けなかったため、渋るオリバーを無理やりベッドに座らせて話を聞く事にした。

オリバーは、最初はアンネが気に入らなかった事。エリオットと距離ができるように画策した事。しかし共に過ごす時間が増えて、その時間が思っていた以上に楽しかった事。夫人から身を挺して守ってくれた時には、既にアンネに惹かれ始めていた事などを、ポツリポツリと話してくれた。

「……オリバー様って女性嫌いじゃなかったんですね」

アンネはまさか自分に惹かれていると言うオリバーに驚いた。

「前までは女を嫌いだと思ってたんだけど……僕はそれ以上に『自分が穢れてる』と思っていたみたい。僕に触ると皆に穢れをうつしそうで」

オリバーの顔は俯いていて見えない。しかし、手が少し震えている。

「……兄さんがアンネの事を好きなのは知っていたから、邪魔はしたくなくて普段はあまり関わらないようにしていた。僕もその距離感でいいと思っていたんだけど」

そこには、いつも皮肉や軽い冗談で本音を誤魔化しているオリバーの、見た事がない程真摯な姿があった。

「僕だけを選んでほしいとは言わない。でも兄さんと二人でアンネを支えていけたら……って思って」

アンネはオリバーの告白を静かに聞いていた。

(う〜ん、成る程……)

「まずオリバー様は全く穢れてません。それははっきり言えますし、それを前提にして聞いて欲しいのですが」

アンネは、オリバーを真っ直ぐに見つめた。オリバーは、エリオットの鋭利さの目立つ顔よりも柔らかな印象を受ける、人好きのする顔つきをしている。エリオット同様フリードに非常に似ているが、きっとこの柔らかな顔付きは彼等の母親に似ているのだろう。オリバーの柔らかな印象は、他人を必要以上に踏み込ませないための彼の武器にもなる。しかし、さらにそこから踏み込むと、繊細で傷つきやすい一人の青年がいるだけだ。

「関係がどう変わろうと私達は家族です。今も、これからも。選ぶ、選ばないもないですよ、今まで通り、私はお二人共大事だと思っています。今回エリオット様に起きた事が、もしオリバー様に起きても、私は同じ事を提案したと思います」

オリバーの肩がピクリと跳ねた。

「……でも、緊急性がない以上、オリバー様にはまずリハビリの必要性を感じます」

「リ、リハビリ……？」

オリバーは虚を衝かれたように目を見開いた。

「……服越しならそんな感じしませんけど、素手とか素肌で他人と触れあうのに今も抵抗があるのでは？　私に対しても今まですうでしたよね？」

試しに手を取ってみようとしたら、ススッと逃げる。そもそもオリバーから服越しでも触られる事は稀中の稀だ。今までの接触も全て服越しだったし、オリバーは絶妙な距離の取り方が上手いのだ。相手を不快にさせない程度に距離をとる。

(自分は兄さんのアンネに対する告白を聞いて、焦ってしまったんだろうか……)

オリバーは自問するが答えは見つからない。

「……無理せずに、時間をかけましょう。まずは他人との接触恐怖症をゆっくり克服していきましょう。話はそれからです」

今までは単純に女性嫌いだからかと思って突っ込まずにいたが、それが自分が穢れていると言う思いから来るのならより深刻だろう。

「もし克服したら視野が広がり、違う人の魅力にも気付けるようになるかもしれません。私でよければ、いつでもリハビリのお手伝いしますし」

「……もし治らなかったら？」

「もし治らなくても今まで通り一緒に夜中までゲームしたり、新しい玩具の意見を言いあったり冗談言いあったりしましょう。一緒にいる事は変わりません」

「克服しても、まだアンネが好きだったら？」

オリバーのあまりに真剣な様子に、一切の誤魔化しを許さないという気迫を感じる。

「それは……その時また考えましょう。私も男女の機微に疎(うと)いのでその辺の境界線があやふやで……今後、よく学んでいきたいと思ってます。現段階で、私をそこまで想ってくれている事は凄く嬉しいです」

アンネは『お互い頑張りましょう』の意味を込めて、手を軽く触ろうとしたらオリバーにまたススッと避けられた。

「……」

オリバーは気まずくなり視線をそらす。

「うん……ごめん、自覚した。僕は、もっと自分自身を強くしてから……また君に想いを伝えたいと思う。でも、僕にもできる範囲でアンネを支えていく決意は変わらないから」

アンネは「その気持ちだけでも十分ですよ」と言う気持ちを込めて、微笑んだ。オリバーは一応納得したようで、話を聞いてくれた事に感謝しながら部屋を後にしていった。

なんだかフワッとした結論になったが、お互いに納得の上だからこれでいい……あの状態でオリバーを受け入れるのは、きっと彼のためにもならない。

数日後、エリオットとオリバーとアンネの三人は、ハーヴィ家に事件の顚末(てんまつ)の報告を聞きに訪れていた。

トレビスは馬車が到着するのを屋敷前で出迎えてくれて、エリオットの無事を確認し、安堵の笑みを浮かべた。カイルも側にいて、改めて身内が起こした不祥事について謝罪してくれた。

今回の事件はウィルが徹底的に調べ上げ、国王陛下によって沙汰が下る事になった。現侯爵誘拐、殺人未遂、毒物投与など諸々の罪によりレティシアは死罪。妻の暴挙を止める事ができなかったバードリー侯爵は爵位をカイルに即座に譲り渡し、生涯幽閉の身になった。本来であれば連座も有り得たが、カイルの協力なくしてエリオットの救出は果たせなかった事や学院での功績、友人からの人柄の評価など総合的に判断してカイルに関しては赦免される事となった。

一通り話を聞き終わり、一息ついた時に廊下に面している扉から甲高いノックが響き、ナタリアがひょっこりと顔を出した。

「もう、お話終わりまして？」

「はい。重要な話は、もう終わりました」

ウィルは慣れているのか、無愛想に返事を返した。ナタリアはパァッと蕾が綻ぶような笑みで、アンネの方に掛け寄ってきて両手を取り、嬉しさからなのか頬をほんのり上気させて、瞳をうるうるさせ上目遣いで見つめてくる。

（これは……既視感がある）

「アンネ！　私の主人が、今回の事件の全面的調査に携わりまして『張型で悪党を倒し、侯爵救出を果たす勇敢な女性を、是非私も第二夫人に迎えたい』と仰ってくださいましてね！　アリーシャと同様に候補に加えて下さいなっ！」

アンネはナタリアの提案を聞いて白目になった。

（あぁ！　タイミングが最悪……）

ここまで来るとアンネは逆に笑えてきた。まるでどこかのロマンス小説で読んだ、逆ハーレム状態だ。王太子、宰相、騎士団長、血の繋がらない義理の親族……小説との違いは、相手の年齢が割と高いのと（一人を除く）、求められているポジションくらいのものだ。

「ハーヴィ公爵夫人、発言する事をお許しください」

アンネがナタリアに手を取られたまま意識を飛ばしていると、オリバーがナタリアに向かって恭しく礼を取った。額に青筋が浮かんで見える気がする。

「許します」

「アリーシャ様と同様の候補、というのはどのような意味でございますか？」

ナタリアは驚いたようにアンネを見た。

「まぁっ！　アンネったら、まさか後見人にまだ伝えてらっしゃらないの？」

さらなる暴露の予感がしたが、ナタリアは止められない。

「アンネを自国に留めるために、それなりの貴族との再婚が必須なのですけど、例の噂のせいで再婚相手が限られますでしょう？」

今までアンネが、エリオット達に言うに言えなかった内容が、ナタリアによって明るみに出る。

「そこでレイフォード殿下の愛妾か、エランド公爵家かハーヴィ公爵家の第二夫人にどうかと言う話になりましたの。……話もされていないと言う事は、貴方方お二人は候補にもならなかったと言う事かしらね？」

ナタリアが、勝ち誇ったようにエリオットとオリバーを横目で見た。場が凍り、一気に寒々しい空気が流れる。沈黙を破ったのはエリオットだった。無表情な彼の表情からは何も読み取れない。

「アンネ……我々は話し合う必要がありそうだ。先に失礼させて頂きたいが、エランド卿、もう宜しいだろうか」

「ああ。わざわざ来てもらい、感謝する」

エリオットは部屋から出ると「ちょっと急ぎの用があるから、二人は気にせずゆっくり来い」と言って、走り去っていった。

（黙っていた事を怒っているのだろうか……）

一緒に過ごすようになって気づいたがエリオットは不機嫌な顔ではあるが、アンネに対して本気で怒った事はない。声を荒らげる時や小言を言う時は心配している時なのだ。エリオットに呆れられたのかと思うと、アンネの胸の奥がジクリと痛んだ。そのまま気まずい空気の中で、オリバーとアンネは廊下をとぼとぼと歩いてゆく。

「ねぇ……さっきのどういうことか、説明してもらえるんだよね？」

「はい。でもどうしてこんな事になったのか、説明して欲しいのはむしろ私の方で……」

そんな事をオリバーと話していると、廊下の死角となる端の部分から声が聞こえてきた。一人は小さめに声を潜め、もう一人は気にせず大声で話しているようだ。よくよく聞くと小さい声がエリオットの声だ。

　相手の男は見た事がある。あれはダミアンの父親のアルダ子爵だ。なぜここにいるのかは不明だが、以前呼ばれた夜会で会った時、明らかにアンネを見下した態度で決して好人物ではなかったのを覚えている。彼は外交部官長を任されており、それなりに評価されて重要なポジションにいる人物らしいが、アンネが一番苦手とするタイプだった。

「……平民風情が、悪しき行いをしたとは言え侯爵夫人に対して暴行を働くなど……そんな問題のある人物を、他国の姫の指南に当たらせるなど儂は到底容認できん！　それもアンネとか言う毒婦に、皆が惑わされているからではないのかっ！　貴殿の身内としての管理がなってないのではないか？」

　エリオットは喚いている子爵の言い分を、ただ静かに聞いている。アンネはオリバーが飛び出しそうになるのを両手で必死に止めていた。

「息子の指南にしても、『実技なし』にするなど……もったいぶりおって。この前の夜会で直に会ったが、大した見た目でもなかったぞ。教科書の件も、卿の功績にせんとますます女が調子に乗るではないか」

　見た目に関しては、まぁアンネも同意見なので特に言うことはない。

「しかも、聞けば卿が建てるつもりの民間学校は男女共学と言うではないか。男に媚び諂うしか能がない女共を学びの場へやるなど理解に苦しむ」

　そしてアルダ子爵は吐き捨てるように言い放った。

「そもそも二十六で子もおらん女など……存在する意義を疑う」

その言葉はアンネの胸に突き刺さった。どうでもいい奴からの、くだらない戯言（たわごと）とわかっているのに。しかし、この国の大多数の貴族が割とこの考えなのだ。今までアンネの周りで言う人がいなかっただけで。

「……言いたい事はそれだけか？」

エリオットは静かに口を開いた。彼からは、禍々（まがまが）しい黒いオーラが放たれており、その瞳は目の前にいる下等生物を視界に入れておくのも不快と言わんばかりに蔑（さげす）んだ目をしているのだが、残念ながらアンネの位置からはそこまでは確認できていない。

「平民だろうがなんだろうが、アンネが来なければ俺は死んでいただろう」

事の仔細（しさい）についてよく知らない子爵は黙り込む。

「反論したい発言は多々あるが、特に腹立たしいものだけに絞（しぼ）る。……まず、女達が男に媚び諂うしか能がないと言うのは、この国ではそうするしか女達が生きる術（すべ）がなかったからだ。恐らく、貴殿のような古い考えの老害が未（いま）だにデカい顔してのさばっているせいだろう」

まさかそう返ってくるとは思わなかったのか、子爵は瞠目したまま固まっている。

「次に、閨指南についても実技なしでここまでできるのは偉業と言っていい。それは全てアンネの功績だ。俺じゃない。そんな彼女を俺は尊敬しているし、誇りに思っている」

エリオットのよく通る声が、アンネの胸に刺さった刺（とげ）を抜いていく。

「彼女のように女性に対して学問が開けたものになれば、この国はさらに発展するだろう。子供を産み育てる事も大事ではあるがそれだけが全てではない」

アンネの瞳からは知らず涙が溢れていた。

「後、一番腹立たしいのが彼女の見た目を貶めた事だ。俺はアンネ以上に美しく聡明な女性に会った事がない。俺の女神に対して今後そのような発言をするなら決闘を申し込むから覚悟しておけ」

エリオットのまさかの言葉に子爵と、隠れていた二人は固まった。流石に女神はない。アンネの流れていた涙も、エリオットの突飛な発言により、無事に引っ込んだ。まさか、エリオットからそんな事を言われると思ってもいなかった子爵は、しばらく呆気にとられていたが、すぐに持ち直しまだ何かを彼に言っていた。

しかし、アンネにはもうどうでも良かった。一番理解して欲しい人にして貰えているのなら、他の誰にどう思われていてもいいじゃないかと思い直したから。エリオットが言ってくれた先程の言葉は、アンネの心をさらに強く、無敵にしてくれる魔法の言葉だ。きっと自分が死ぬその時まで、一生キラキラと輝き続けるだろう。

エリオットと子爵に感づかれないように、小声でオリバーにここを立ち去るように促して、足早にその場を後にした。オリバーはアンネに付いていきながらも、エリオット達が話している一角を振り返りながら見ていた。

「あ〜、なんか……びっくりしました。どうします？　馬車に乗ってエリオット様を待ってますか？」

「……」

オリバーは思考に耽っており、なんだか上の空だ。

「オリバー様？」

「え、あぁ……ごめん。なんて？」

「大丈夫ですか？　馬車に乗ってエリオット様を待ちましょう？」

「……そう、だね」

オリバーとアンネは先に馬車に乗り込んだ。足を組んだまま、オリバーは馬車についている小さい窓から、茫然と外を見ていた。まだ何か考え事をしているようだ。アンネも先程から心ここに在らずの彼が少し気になり、オリバーを見ていた。ふと窓からオリバーが視線を外し、アンネの方を見る。相変わらず、いい男っぷりだ。馬車から入る光がキラキラとオリバーを照らして、素晴らしく絵になる光景である。アンネがそんな事を考えていると、オリバーとの距離がとても近い気がした。

（ん……？　なんか近い……）

オリバーはアンネを軽く抱きしめる。アンネは突然なぜオリバーがこんな行動に出るのか混乱していたが、ゆっくり体が離され次は顔が近づいてくる。

互いの口と口が触れるのにあと数十センチの所でアンネが思ったのは『あぁ、やっぱり兄弟揃って碧色の瞳は綺麗だな』と言う事だった。光に当たり、明るく輝く碧は以前にエリオットから借りていたエメラルドの宝石を思わせる。

次に思ったのが顔も、やっぱり似てると言う事。柔和な顔をしてるくせに少し神経質なオリバ

——ゲームに夢中になり、たまに見せる悪戯な笑顔は、平常時との差を感じて微笑ましかった。

口が触れるまであと数センチの所で、最後に思ったのは『このひとは、あのひとじゃない』という事。気難しそうな顔をしているくせに穏やかで、優しく、時に壮大な勘違いから暴走する。彼の真っ直ぐに表現してくる愛は、受け止めきれず二度も誤魔化してしまった。

『エリオットとじゃないと、この先はできない』

「……いやっ!!」

気付けばアンネはオリバーから思い切り顔を背けていた。はっと気づいてオリバーを見ると彼は傷ついた顔をしながらも微笑んでいた。

「……大丈夫だよ。僕は君に直接触れる事はできないから」

アンネは自分のとった行動が信じられなかった。何がエリオットと同じ事をオリバーにもできるだ。

「本当なら、リハビリをしてアンネといつかと思っていたけど……君の心も既に決まっているみたいだし、それに」

アンネは謝ろうと口を開くが、言葉が出てこない。ここで謝るのは何か違う気がして、つい沈黙してしまう。

「それに僕は兄さん程、君に対して寛容にはなれないと思う。兄さんは、本当になんでも許してしまうから」

「オ、オリ……」

「兄さんが来るまで外で待つよ。……僕は用事があるから、二人で先に帰っていて欲しい」

オリバーはアンネの返事を待たず、馬車の取っ手に手を掛けそのまま外へと出て行ってしまった。

少ししてエリオットが戻り、馬車に乗り込んできた。

「すまない待たせた。今、外でオリバーと会って二人で先に帰れと言われたが……何か、あったか？」

「いえ……はい。あの、後で、言います」

気落ちした様子のアンネを見て、エリオットはオリバーと何かあったのかと察したのか、馬車の中ではそれ以上追及してこなかった。ここでオリバーの事を考えると涙が止まらなくなりそうで、アンネは話題を変えて話を逸らす事にした。

「先程廊下で、アルダ子爵とエリオット様の会話を少し聞いてしまったのですが……」

「どこまで聞いた？」

エリオットの眉が上がり、眼光が鋭くなって不機嫌な顔に磨きがかかる。初めて会った時にこの顔をされた時は、てっきり怒っているものだと思い、震え上がったものだ。

今なら、わかる。

彼はアンネが不必要に傷ついていないかを心配しているのが……エリオットへの好意を自覚したからか、急にこの狭い空間に二人でいる事が恥ずかしくなってきた。いまさらなのだが。

「あ、あの……途中まで聞いて、すぐ馬車乗り場まで来ましたので」

嘘は吐いていない。エリオットは、アンネに憂いがないかを確認して短く嘆息した。

「……奴は、元々父上の遠い親戚筋なんだ。父上と同じ歳で学園も同じだった。子供の頃はよく勝手に家に上がり込む、迷惑な親父だと思っていたが、別にどうでも良かった」

エリオットは、本当に心底どうでも良さげだ。

「父上も、別に仲良くしていたわけではなさそうだが、無下にもできなくて……しかし、何を勘違いしたのかグランドール侯爵の爵位継承にまで口を出してきたから、父上とはそれきりの絶縁状態になった」

アンネは成る程と聞いていた。その後は派閥の違いもありずっと疎遠だったが、今回一番の後ろ盾だった前バードリー侯爵が幽閉になるのに焦り、新たな後ろ盾としてエリオットをこの数日付け回していたそうだ。

「別に会っても愉快な気分になる相手ではないしな。今まで私的な場では偉そうな口調も黙認していたが、先程かなり強めに警告したから少しは大人しくなるだろう」

エリオットはアンネを安心させるようにふっと笑い、そっと手を添えてくれた。最近だとエリオットは笑顔を見せてくれる事も多く、別に彼の微笑み自体は珍しくもないのだが、つい今し方恋に目覚めたアンネには刺激が強すぎた。

(なんて、かっこいいのだろうか。この笑顔を間近に見てて、今まで何も感じていなかったなんて……私って本当、馬鹿)

アンネの、ドギマギとした不自然な様子に全く気付く事なく、エリオットはアンネの隣で、手をずっと握っていてくれた。そうしてしばらくすると馬車が邸へと着き、クロウが玄関で出迎えてくれた。殴りつけられて床にぶつけ、負傷した額が青痣になっていて痛々しいが、幸い軽傷だったようでまだ休んでいていいとエリオットが言うのも聞かず、仕事に復帰してくれている。

アンネとエリオットはそのまま執務室へと入り、互いに向かい合わせに座った。

「……さて、ハーヴィ夫人の言っていた事を確認したいのと、アンネが今後どうしたいのかも併せて教えてほしい」

「はい」

エリオットは淡々と質問してくる。

「まず、アンネは殿下の愛妾になりたいのか？」

「いえ、全く」

レイフォードはいくら大人っぽいとは言え、アンネから見ると大人の庇護がまだまだ必要な子供だ。もしエリオットに対する想いがなかったとしても、そんな幼い子供に手を出す程、落ちぶれてはいない。

「次に二つの公爵家からの第二夫人の打診もあるそうだが、受けたいのか？」

「いえ、全く」

前世の記憶も相まって本妻と共に第二、第三夫人になり、同じ夫を支え合うと言うのがあまり想像できない。

「オリバーにも、想いを伝えられたのだろう？」

「はい。でも先程、軽いハグ以上の事をするのは難しいと痛感しました」

オリバーと手を繋ぐ、軽くハグするならできる。全く抵抗はない。しかし、それ以上の事は多分無理だ。彼を無駄に期待させ、傷つけてしまった。

「では、俺の事は……どう思う？」

「……」

アンネはここで黙るのは狡いとわかっていたが、言葉がすぐ出てこなかった。先に大量の涙が出て、やっと言葉になって出てきた。

「私……エリオット様が好きです。男性として……愛してます」

アンネは思いの丈をエリオットに伝えて、ボロボロと大粒の涙を零した。もう既に目も腫れてとんでもない顔になっていそうだが、それに構っている余裕はない。向かい合わせに座り、目の前にいたエリオットは、しゃくり上げながら泣いているアンネのすぐ横へ座り直し、強めに抱きしめてくれた。もう嗅ぎ慣れたエリオットの香りは、騒ついて荒れた気持ちを落ち着かせてくれる。アンネが使っていた自前のハンカチが、既に濡れ過ぎているのに気付いたエリオットは、自前のハンカチをまたそっと貸してくれた。

「すっ、すみ……ません！　私に、泣く資格ってないんです！　オリバー様っに私、酷い事を……」

エリオットの優しさを、自分なんかが享受していいのか……と自責の念にかられ、アンネはさらに涙を流した。しゃくり上げて、鼻水も出てきているため、言葉が聴き取りづらくなる。

「媚薬を抜くために、君の気持ちが固まり切る前に俺と体を先に繋げたせいだ。アンネは悪くない」

耳元で響くエリオットの落ち着いた低めの声は、ささくれ立った心に深く染みる。アンネを落ち着かせる様に背中をポンポンと軽く叩いたりさすったりしてくれている。

アンネが一頻り泣いて、ある程度落ち着いたのを見計らって、エリオットは机から濃紺の小さいビロードの箱をアンネの前に持ってきて、跪いた。

「本来であれば姫の閨指南の後と思っていたが、俺の見通しが甘かった。まさか他からもうそこまで話が来ているとは……アンネ、俺との結婚をどうか受け入れて欲しい」

小さな箱の中には、美しくカットされた碧石の指輪が入っていた。

「あの、私……これからもきっと、皆に迷惑をかけてしまいます。エリオット様の事も無神経に気づかずに、何回も傷付けていたと思います」

アンネが目元を擦ろうとしたら、エリオットはハンカチをもう一枚準備よく出し、そっと拭ってくれた。

「俺は、アンネに傷付けられるならそれでいい。今も、これからもアンネのしたい事をすればいいんだ」

エリオットなら、本当に許してくれそうだ。アンネはそれを考えると、少し笑いそうになった。アンネはエリオットの愛情の深さに感服した。色々懸念すべき事は沢山あるが、それはまた二人できっと乗り越えて行ける。

「……エリオット様。私には貴方だけです。私と、どうか結婚してください」

アンネは、真っ直ぐにエリオットの碧色の瞳を見つめて言い切った。アンネの言葉を聞いた瞬間、エリオットの綺麗な碧色の瞳がキラキラ光る。彼はとても嬉しそうな顔で、正面からアンネを強く抱きしめた。エリオットの匂いに包まれながらアンネも抱きしめ返すとエリオットの肩が微かに震えているのが伝わり、アンネの瞳にまた涙が溜まった。彼の想いに応えられて本当に良かった。今まで自分の無神経さによりエリオットを傷付けてしまった分、今度は目一杯彼を愛して行こう。

二人は抱きしめ合った後、どちらからともなく深い口づけをする。それは何度も何度も繰り返され互いの瞳の中に確かな情欲が見えた頃、執務室の扉からノックが響いた。

何事かと思いエリオットと顔を見合わせていると、焦った様子でクロウが執務室へと手紙らしきものを持って入ってきた。その手紙には、オリバーの字で『しばらく、旅に出ます。探さないで下さい』と言う内容が書かれていた。アンネが手紙の内容を見て最悪な状況を想像してしまい焦りながら「オリバー様を、探しに行きましょう！」とエリオットに提案するが、彼は首を横に振る。

「オリバーなら大丈夫だ。おそらく心の整理をつけるためのものだろう。俺も、君から拒絶されていたなら、数日では到底利かない程、気落ちしていたと思う。それにオリバーは俺達を置いて、変な気を起こすような無責任な奴じゃない。今は……そっとしておいてやって欲しい」

アンネはそれを聞いて渋々納得したが、一週間以上帰らないようなら無理やりにでも捜索を開始するとエリオットに念を押した。

少し前までのエリオットとの甘い雰囲気は吹き飛び、アンネはヤキモキとした日々を過ごす事となった。そんなアンネの心配を余所に、オリバーはキチンと三日後の夜には、エリオットの言う通り無事に帰還したのだった。

ていた。

三日ぶりに会ったオリバーは大分やさぐれていたが、憑き物が落ちたようなすっきりした顔をしていた。

「……それで？　僕を盛大に当て馬にして、二人はちゃんとくっついたわけ？」

「はい……その節は、大変お世話になりました……」

本来なら土下座でお詫び申し上げたい所であるが、その習慣がないこの国では奇怪にうつるだけなので頭を下げられるだけ下げる。オリバーはそんな私を見て、ふっと笑った。

「……実は、僕も君にキスする真似をした時に『これはちょっと違うかも』って思ったんだ。だから……大丈夫だよ」

その言葉が嘘か本当かはオリバーにしかわからない。もしかしたらアンネの心の負担を軽くしようとしてくれたのかもしれない。

「それに兄弟間でアンネを……ていうのは、僕もどうかと思うしね」

「なんですか、それ？」

オリバーは「あ、やべ」と言う顔をした。その顔を見た時、自分の知らぬ間に何やら変な話がされていたのでは……と嫌な予感が過り、アンネは彼を問い詰めた。

オリバーは鬼気迫るように問い詰めてくるアンネにタジタジになりながら、この事態の収束をどうするかに考えを巡らせる。ブラコンのオリバーにしては珍しく、この場を丸く収めるために、エリオットを売ることにした。自分の淡い想いを譲ったのだから、これくらいの意趣返しは許して欲しいと思い、エリオットと話していた内容をアンネに暴露する事にした。

「いや、えーと。この国では、第二夫人以降は共同体として〜……て聞いた事あるだろ？　それを俺達もできないかって兄さんがさ。まぁ、結果的にならなかったわけだし……」

　アンネは驚きで開いた口が塞がらなかった。確かにオリバーから『エリオットと二人で支えていきたい』と言われてはいたが、まさかそんな意味だったなんて。ジロリと後ろにいたエリオットを睨むと、彼は後ろを向いていたが話の内容を聞いていたのか、アンネが怒るのではと思い背中越しに怯えているのが感じられた。

「エ　リ　オ　ッ　ト様？　……もうっ、私の知らないところでそんな事を言って」

　エリオットは、大きい体をしているくせに今はとても小さくなっていた。

「……エリオット様は、私がハーレムを作っても怒らないんですか？」

　アンネは冗談で聞いてみた。流石に、嫉妬の一つもされないのは少し寂しい。

「もし、そうなった時は」

　エリオットが、ゆっくりこちらを振り向いた。アンネの逆ハーレムを想像したのか、無表情の中にも悲しみを滲（にじ）ませている。

「俺は、その中で一番になれるように頑張る……」

　エリオットのあんまりな答えと態度に、オリバーとアンネは声に出して笑った。

　オリバーが無事に帰って来て、グランドール邸にもやっと本来の落ち着きが戻ってきた。レイフォードの愛妾や、公爵家の第二夫人の打診の件はエリオットが早々に『自分がアンネと結婚する事になったので、その話はなかった事にして頂きたい』と言う内容の手紙を王家と公爵家宛てに認めて送った。

初婚同士であれば婚約期間に一年を設けるが、片方が再婚だと教会に届けるのみで婚姻願を受理してもらえる。通常このやり方は『男が再婚の場合』というのが前提の考えだったが、エリオットは特に厳格な決まりがないのをいい事に、外部から何か言われる前にさっさとアンネとの結婚を教会に受理させた。二人の結婚式は、姫の閨指南をした後にゆっくりと改めて行う事になった。

貴族間では、またその事が面白おかしく語られているようだが、既に美談と醜聞を併せ持つアンネに対して周りも『触るな危険』扱いに徐々にシフトしており、大っぴらに非難される事は少なくなっていった。

それどころか、ナタリアが写本させた教科書を読み、感化された貴族からは、アンネから指南を受ける事が一種のステータスとなりつつあり、指南の申し込みが連日寄せられその対応に追われている。

アンネの部屋は、今まで使っていた客室から女主人の部屋へ移り、エリオットの私室と繋がる扉のある部屋へと変わった。オリバー失踪や、教会への婚姻手続き、部屋の移動などで日々忙しくしていたため、エリオットとの婚姻から五日が経った今日が初夜にあたる。

カーラに丹念に湯浴みさせられ、前の時のように自分の汗臭さが気になるという事はない。アンネが落ち着かない気持ちでいると、夫婦の寝室の扉がノックされエリオットが入ってきた。エリオットは見れば見る程、本当にいい男だ。顔の美醜に大してこだわりのないアンネですら一瞬見惚れる。この男が自分の伴侶になったのかと信じられない。エリオットの自分を見つめる目があまりに優しく愛に満ちており、嘘ではないのだと実感する。出会った時は、決して人馴れしない狼のような雰囲気だったくせに、最近だと人懐っこい黒い大型犬に見えてくるから不思議だ。

「すまない、遅くなった」

「いえいえ、お仕事お疲れ様でした」

アンネは緊張を悟られない様に、笑顔で迎えてエリオットを労った。なんだかんだでエリオットと夜を共にするのは、媚薬を抜くために性交した時以来だ。

(しかも、初夜という事はあの儀式もあるのか……)

「あ、あの……初夜の儀式ってしまます、か?」

正直、あの長い名前を噛まずに言えるか自信がない。しかし、絶対間違えたくない。

「……ああ。だが、俺は神よりも君と、自分自身に誓いたいと思う」

そう言うとエリオットはアンネと向かい合わせに立ちアンネの両手をとった。

「我エリオット・グランドールは生涯アンネを守り、支え苦楽を共に歩む事をここに誓う」

アンネもエリオットの手を強く握り返した。

「我アンネ・グランドールは妻として夫エリオットにこれからの人生を捧げ、生きていくことを誓います」

心の底から暖かいものが込み上げてきて、幸せを噛みしめる。後は花弁を食べさせるのだが、軽くとは言えそういえば媚薬が入っている。

「……これも、食べますか？」

「ああ、まぁ一枚くらいなら大丈夫だろう」

　そうして二人で食べさせ合い、きつく抱きしめ合った。擽ったい気持ちになり同時にとても満たされた気分になる。

　アンネが心からの幸せと安堵に身を委ねている時に、エリオットも同時に幸せを噛み締めていた。今考えると、非常にみっともなく縋るように手に入れた腕の中の最愛の人の存在を確かめるように強く抱きしめながら、自分の幸運に感謝していた。

　そしてアンネからの仄かに香るいい匂いが、エリオットの欲を刺激してくる。抱きしめている事でわかる、アンネの柔らかな肢体はあの時の性交を否応なく思い出させ、エリオットの下半身は既に痛い程勃ち上がっていた。アンネの着ている夜着が上品でありながら、とても扇情的に見え、湯浴みして血行が良くなっているのか顔もほんのり薄紅色をしている。ずっと眺めていたい気持ちと、早く剝ぎ取ってしまいたい気持ちが鬩ぎ合う。

「アンネ、とても綺麗だ。俺の女神」

　アンネは音がしそうなくらい、顔を一気に赤く染めあげた。

「あの！　ま、前から思っていたんですけどっ、女神はよしてください！　人前でも絶対言っちゃダメですよ！」

　アンネが照れ臭さで視線を逸らせながら抗議してくる。

（そうなのか？　そうなると困る）

「……他に君を形容する言葉が見当たらない」
アンネはエリオットのこの言葉がダメージ大だったのか、口をパクパクしていたがやがて諦め、赤い顔を両手で隠した。アンネの恥ずかしがっている顔が見たくて両手を外させ、口付けをした。

そう言えば、口付けもオリバーの失踪前にした以来だった。最初は確かめるように軽くしたはずだったが、徐々に深いものへと変化してゆく。アンネの薄く開いた口をこじ開け、自分の舌を捩じ挿れて彼女の舌を求め口内を弄ると、必死にそれに応えるように舌を恐る恐る伸ばしてきた。その様子がいじらしく思えて、何度も角度を変えて吸い上げる。

「……んっんぅ、んんっ！」

長い時間をかけて口付けをしていたため、アンネからくぐもった声が漏れる。あまりの気持ちよさに、時間の感覚を忘れて夢中で口付けをしていた。唇が離れた頃には、アンネはすでに腰砕けになっていた。彼女が息も絶え絶えなのを良い事に、スルッと横抱きに抱えてベッドへと運ぶ。

ついつい夢中で貪ってしまい申しわけなく思ったが、エリオットに吸われてぽってりと唇を腫らし抗議の涙目で見上げてくるアンネを見ると先程まで感じていた罪悪感があっさり吹き飛び、さらに追い詰めたいという欲が鎌首を擡げる。

しかし、今回こそはアンネの全てをこの目に収めたい。

薄い夜着から覗くアンネの肌は、きめが細かく白い。自分とは全然違う肌質に、触ると傷を付けてしまいそうと思う反面、新雪のような肌に自分の痕を残したいとも思った。

そう考えた瞬間、エリオットの脳裏にアンネの指南一日目、五頁の授業内容が記憶として蘇る。

『えー、愛撫の一種に所有印というものがございます。またの名をキスマークとも言うのですが、女性は首元を開けたドレスを着ることも多いので、無闇矢鱈に付けてしまいますと、女性を無駄に辱めてしまいますので、注意が必要です。ですが、まぁ……』

「初夜の時くらいは、所有印をどこに付けても誰も咎めはしない……だったか？」

突然エリオットから笑みを含んだように問いかけられ、アンネは一瞬ぽかんとする。どこかで聞いたことのある台詞だと思ったが、なんの事はない、指南の時に得意気に自分が言っていた事だと気付き青褪めた。指南の時にしたり顔で自分が他にも語っていた事はないか思考を巡らそうとするが、首元に顔を埋めてきたエリオットにより阻まれる。

「え、エリオット……さま？　やんっ、んぅ」

エリオットはアンネの首筋を強めに吸い上げると、紅い花が咲いたようにアンネの白い首に痕が残った。

「アンネ、凄く綺麗だ」

自分が付けた首筋の痕を見ていると、違う場所にも付けていきたいという欲が湧き上がる。エリオットはアンネの全身を丁寧に弄り、その中でも特に柔らかく、痕が残る場所に所有の証を残していった。首筋、二つの乳房、二の腕に内腿等に唇を寄せ、時にわざとリップ音を響かせたり、舌を這わせながら愛撫を施してゆく。エリオットの愛撫が足先まで来るとアンネの腰が揺れているのが見えた。

再度エリオットは、指南二日目にあった教科書十頁『奉仕の仕方、され方』の内容と共に、誰かがアンネに対して飛ばした質問の記憶が蘇った。

『……はい、良い質問ですね。女性が受け入れの準備が整ったという合図は幾つかございます。一つが、女性器から溢れる分泌液ですね。〝愛液〟とも呼ばれますが、この液は出れば出る程、女性の体の負担は軽くなりますので、皆様には是非前戯に時間をかけて励んで頂きたく思います。間違っても十分に濡れていないのに無理やり突っ込むなどと言う野蛮な事は、皆様のような名だたる貴公子であり、紳士な方々は決してなさってはなりません。後は……そうですね』

「腰が揺れるというのも、相手を受け入れる合図の一つだったな？」

「あっあぁ……」

エリオットは言いながら、アンネの秘裂に指を這わせた。そこは最早しとどに濡れそぼっていたが、まだアンネを可愛がり切れていない。

「ここは濡れれば濡れるほど、女性の負担は軽くなるのだろう？　もっと励まねばな」

エリオットはなるべく穏やかに微笑んだ筈だったが、見上げるアンネから見える彼の瞳からは完全に飢えた獣のような雰囲気が見て取れた。エリオットの雄の部分を目の当たりにして、恐怖に似た何かがアンネの中で湧き起こり、ふるりと震える。アンネの瞳に僅かな怯えを感じ取り、安心させてやりたいと思う反面、心は歓喜に震えていた。自分の事を男として認識してくれているのがひどく嬉しい。

「あ、あの、エリオットさま？　私達、その、初めてではありませんし、そろそろ挿れて頂いても」

「そんなつれない事を言うな。前回は俺の薬のせいで事を急いてしまい、申しわけなかったからな。今回は、沢山達して欲しい」

アンネの言葉を遮って、両方の太腿の内側を持ち、局部を大きく割り広げて上に向けた。アンネの秘裂は蜜が滴りてらてらと光っている。エリオットは唇を寄せて、舌を這わせ蜜を啜りながら舐めあげていく。

「えっ……！　ぁあっ、ああ！　え、エリオ……っこれ、やぁっああ、ぁっああ！」

アンネは困惑と羞恥から首をふるふると横に振っていたが、あまりの気持ちよさに言葉がままならない。

「あっあ！　いっちゃう……やっああっあああーー！」

アンネがイッているにもかかわらず、エリオットの攻め手は緩む気配がない。花芯を楽しそうに舐め転がし、強く吸いあげて可愛がり、溢れてくる蜜を啜り上げる。何度も何度もエリオットの舌で果てる。

「……アンネの指南でも『女性は恥ずかしさから、つい否定の言葉が出る事がある』と言っていたが、これがそうなのか？　もし本当に嫌なら、君が良くなるように、この粒の愛撫を続けねば、俺の気がすまないな」

「!!　あっ、もぅ！　だ、だめぇっ！　やじゃないのっ！　気持ちいい……気持ちいいからぁ！」

アンネはあまりの快感から、必死でエリオットに懇願する。その余裕のない様子を見て、エリオットは渋々花芯への愛撫をやめてくれた。何度も達し、散々執拗に舐られ、吸われた花芯はぷっくりと腫れ、少し触るだけでも敏感に快感を拾うようになっていた。エリオットの下半身もアンネの痴態を前に、最早限界だった。何度も達したため、力なく横たわるアンネの脚を割り開きゆっくりと腰を進める。

ここでまたエリオットは、指南四日目の女性器の内部についての授業へと記憶が巻き戻った。

『女性器の中には、先日お話ししたクリトリスと同様に快感を拾う場所がございます。ここはクリトリスとは違い、一度や二度閨を共にしたくらいでは見つかり辛いかもしれません。この国では数多く違う女性と浮名を流すのが〝男の矜持〟として語られがちですが、私個人としては、心に決めた女性を労わり、お互い深く知り合い、快楽を共有する事のできる男性の方が魅力的に思います。皆様にも是非そうあって欲しいですね』

エリオットは授業を思い出しながら、蜜が溢れるそこにズブズブと自分のモノをゆっくりと突き入れた。

「あっ！　あぁ……」

自分のモノが全て埋まると、浅い所や深い所を探るように緩く抽挿を繰り返した。

「え、エリオットさま、ぁあっ！　あの、ゆっくり？　過ぎじゃ……あっ、あああ……！　おかしくなっちゃうぅ」

「女性器の中にも快感を拾う場所があるのだろう？　……ここ、反応がいいな」

エリオットはアンネの膣壁のざらついている良い所を探し当て、執拗に擦るように抽挿を繰り返した。

「やっああっ!!　イクッ！　あああーー!!」

アンネが中で達したのを見届けて、エリオットは腰を激しく揺らした。

「あっぁ！　まだ、まだイッてるの！　はげし……あっあ、あああ！」

激しく揺さぶっているうちにプシュッと膣から潮が吹き出し、互いの下肢を濡らした。中がキュウキュウと締めつける。

（最高に気持ちいい……）

エリオットは無我夢中で腰を振りたくり、アンネの中に大量に精を放った。

アンネの首筋に顔を埋めて少し休んでいると、あの時と同じように頭を撫でられる。アンネの瞳を見ると、エリオットを見る目にあの時はなかった確かな恋慕の熱を感じて、歓喜に震えた。

アンネが今日は媚薬もそんな飲んでいないし、こんな濃い性交をした後ならば、一度出したら終わりだろうと思いエリオットを緩く抱きしめて、そっと指通りのいい黒い髪を撫でていた。

当のエリオットはもうすぐ三十歳とはいえ、まだ二十代の健康な男である。しかもつい先日に、生の性交を覚えたばかりで、完全に肉欲に溺れていた。アンネに優しく髪を梳かれていると、また下半身に熱が集まるのを感じて自分でも呆れた。覚えたての猿のように目の前の雌を求めるとは……と自嘲するが、自分の欲は全てこの目の前の女性にのみ注がれているので、悪くはない。力を失っていたモノが、また完全に勃ちあがり、髪を撫でていたアンネの手を取って口付けをしながらキツく抱きしめた。

「えっ!?　えっと、あれ？　出しました……よね？」

アンネは抱き締められた瞬間に感じたのだろうエリオットの屹立に動揺している。

エリオットはまた、指南一日目にあった授業内容へと記憶が飛んだ。それは自分も体を張って皆に教えた事であり、頭に焼き付いている。

「ああ、一度出したから余裕がある。アンネのお勧めの体位も試そうな？」

「は、え？　私の……オススメの体位、ですか？　えっあ！　んんっぁあ、んんっ」

エリオットはアンネの片足を持ち上げて、足先の指を嬲る。

ぬるりと指の間に舌が這う感覚は堪らなく気持ちがいい。さらに目の前で美麗な男が恍惚の表情で自分の足を舐めている様は、酷く背徳的で気持ちが昂ってくる。足を持っていない方を跨ぎ、舐っていた方を肩に軽く乗せた所でアンネがこの体位に気がついた。アンネの蜜壺は先程の情交の跡が残り互いの体液によりグチュグチュになっている。

「え！　あ、あのっ、この体位、オススメって……ち、ちがっあっあっあああ！」

エリオットは、狼狽えているアンネに構わずに腰を深くまで穿ち、先程探し当てた良い所を探す。

「ああ、この体位は凄いな。深く君と繋がれて……ここも良く見える」

「あっ、いやっ！　見ないで、あっあああっ！」

エリオットはまたアンネの反応のいい所を探し当てて緩やかに抽挿し、花芯まで攻めてくる。

「あっあっああ、そこっ、弄ったらっ、だめ……!!　イクぅ！　イッちゃうよぅ!!　あああっああああーーー！」

中がぎゅうぎゅうに締まり、エリオットはまたアンネに精を解き放つ。

結局、エリオットは過ぎた探究心からアンネの足腰を再び立てなくした。行為が終わり恨みがましくエリオットを見つめると、彼は蕩けるような笑顔で「また、おさらいしような」と微笑まれ、アンネはうっかりうんと頷いた。

この日頷いた事により、この後新婚の蜜月として数日間抱き潰される日々になるのだが、この時のアンネはまだ知らないのであった。

エピローグ

　エリオットとの数日の蜜月を無事（？）に終えたアンネは、イルマスの姫の来訪までの間、教科書作りに励んでいた。姫の教科書作りはウィルから『エリオット達に助言を頼まないように』との指令が下っていたため、アンネはまたも孤独な作業を強いられていた。

　アンネは煮詰まるたびにエリオットとオリバーに前世の料理を振る舞うという事をしているのだが、その中で二人に特に好評な料理があった。

「アンネの作る料理はどれも美味いが、これは本当に好ましいな」

　エリオットの無表情な顔にもほんのり笑顔が見て取れる。これは相当お気に入りのご様子だ。

「うん、僕もこれ好きだな。太さのあるルネだと思えば食べやすい」

　食にうるさいオリバーからも随分と高評価である。ちなみにルネとはこの世界のパスタのような物で、各国広く出回っておりこの国の主食とも言える。

「そ、そうですか。では、また作りますね」

　アンネの笑顔は少し引きつっているが、二人は気付いていなかった。

「ああ。しかも今回のは以前に食べた時よりも麺に力強さがあって喉越しがいいな」

「それ、僕も思った。前のも別に不味くはなかったんだけど……材料変えた？」

ギクリとわかりやすくアンネの肩が揺れる。

「へ？　い、いや……（材料は）変えてません、よ？」

歯切れ悪く答えるアンネを二人共訝しげな目で見たが、アンネは二人の事を見ないフリを決め込み、誤魔化すように自身もそれを食べ進めた。

アンネが微妙な返事を返すのには理由がある。

彼らが食べているのはうどんだった。小麦粉と塩と水があればできるうどんは、すぐに作れるため救済院の子供達にもよく食べさせていた。ダシもキャラバンから仕入れた魚の乾物を大量に買い込んでいたのでそこから取り、醤油で味をつけるだけだ。とても簡単にできるのであるが、それ故に奥深い。

最初うどんを振る舞った時は、腕に渾身の力を込めて捏ねたものを出していた。エリオット達はそれでも美味いと好評だったのだが、本場の味を知るアンネとしては全く満足のいくものではなかった。

まずコシがない。アンネの細腕で捏ねただけの麺には全く弾力がなく、口の中に入れるとグズグズになり歯応えがない。これではせっかくダシをいい感じに取れても小麦粉が溶け出し、すっきりとした味を邪魔してしまう。

アンネは意外とうどんには煩かった。

麺のコシを出すには材料を足で踏み、グルテンを作り出す必要がある。

この世界にはビニールという便利なものはまだない。あるのかもしれないが、マルドテレスではまだ普及していない。という事は、素足でじかに踏まなければならないだろう。

ポラリス神聖典では伴侶以外に女性の見せてはならない部分が何箇所か記されているのだが、その一つが足である。特に足首から下は卑猥なものとされ無闇に見せてはならないとされる。ましてやその部分で食材を踏むなど、御法度行為だろうと言う事はいくらアンネでもわかる。子供達に食べさせる分には美味しくする方法として説明し、むしろ踏むのを手伝って貰っていた。

体重を込めて素足でうどんを踏まなければアンネが満足する麺ができない。二度程腕で捏ねて作ったうどんを食べてみて、それまでなんとなく衛生面を意識してしまいできずにいた素足での足踏みを今回敢行したのだった。

しかし、それを二人に食べさせている事が非常に気まずい。アンネの食へのこだわりが微妙な返事をさせていた。

(この作り方は、墓場まで持っていこう……)

しかし、この秘密はひょんな事から明るみに出る。

エリオット達にうどんを振る舞った次の日、姫の指南が始まれば中々行く事ができなくなる救済院へと、エリオットと共に訪れていた。焼き菓子を大量に用意して配り、子供達が娯楽玩具で遊んでいるのを微笑ましく二人で眺めていた。

「子供というのは可愛いな」

「ええ、本当に。見ているだけでこちらも元気を貰えますわ」

エリオットと見つめ合い、どちらともなく手をそっと繋いだ。それだけで満たされた気持ちになる。

二人がいい雰囲気になっているのをそっちのけで、救済院ではお昼ご飯の時間になり急に騒がしくなる。十歳になるルーという女の子がわざわざお昼ご飯のはいった器を両手に持ち、アンネの所まで持ってきてくれた。ルーは料理が好きで、アンネの作る前世の料理に早々に目をつけて、それを広める活動をしようと頑張っていると聞いていた。

「アンネ先生！　教えてくださった『うどん』なんですが、ようやく『コシ』というものが出るようになりましたよ！　是非召し上がってみてください」

アンネはわかりやすく動揺した。これ以上話をして、エリオットに追究されるのは非常にまずい。

「す、凄いわ！　持ってきてくれてありがとう。ルーの分なくなっちゃうよ？　感想は後で伝えるから、早く戻らないと……」

アンネの動揺など全く気付かずに、ルーは興奮しきりという顔で頬を赤らめアンネを見上げている。

「いえっ！　私は散々試食しておりますので、大丈夫です。それよりも先生のご意見の方が気になるので」

ルーのあまりにもキラキラした期待に満ちた瞳を前に、アンネは屈せざるを得ない。

「う、うん。わかった。食べてみるね」

ルーを中心に子供達が手伝ったのだろう。アンネが一人でせっせと作ったうどんよりも強い弾力があり、ダシも上手く取れていて美味しい。うどんの材料は救済院にも大量に置いてあるため、一生懸命作ったというのがよくわかる味だった。

「ルー……このうどん、すごく美味しい」

アンネはあまりの美味しさに、感嘆混じりの言葉が出た。

「わあっ！　やっと先生から指摘なしの美味しいを頂きました！　みんなで一生懸命麺を踏んだ甲斐があります」

「!!」

「麺を……踏む？」

エリオットの顔が怪訝な表情になる。そもそも、領主を差し置いてアンネにのみ食べ物を持ってくる事自体、違和感のある状況だった。

「ルーといったか？　悪いが俺の分も持ってきて貰っていいか？」

「え……でも」

ルーは一瞬戸惑いの表情を見せた後、アンネを見る。

「え、エリオット様。あの、昨日のお昼にうどんを召し上がったばかりではありませんか」

「あぁ、うどんは飽きないから何食でもいけるぞ」

エリオットは珍しく口角を上げて、アンネに有無を言わせない。彼のこの表情は、探究心が焚き付けられた時によく出ると最近知った。ルーはアンネがエリオットに論破されたのを見て、領主に味見して貰える機会を逃すはずもなく彼の分のうどんを確保して戻ってきた。

エリオットはルーからうどんを受け取り、一口食べる。エリオットが咀嚼しているのをルーと共にそっと見守っていた。

「……これは、凄い美味いな。昨日のアンネのも弾力があり美味かったが、これはそれ以上に滑らかで歯応えがある」

「エリオット様にも褒めて頂けるなんて！　皆に教えてあげなきゃ」

「ルー。先程、麺を踏むと言っていたがどういう意味だ？」

（ぎゃーっ！　やばいー！）

「はい、アンネ先生がうどんを美味しくするコツは、麺をなるべく体重を乗せるように踏む事だとおっしゃっていて。確か〝ぐるてん〟？　というのが踏めば踏む程出るらしく、美味しくなると教えてくださいました」

アンネが慌ててルーの口を塞ごうとするのも間に合わず、真実が明るみに出る。もう何度このパターンを繰り返せばいいのか……我ながら呆れる。

ルーは二人から感想を貰えて満足したのか、さっさと子供達の元へと戻って行った。

「アンネ、帰ったら話そうな？」

「……はい……」

アンネはエリオットの言葉から、不穏なものを察知していた。

◆
◆
◆

「やぁ、エリオットさま！　それっ、くすぐったぃ……」

「この小さい足で、一生懸命うどんを作っていたのか？　俺達が好きだと言ったから……健気で可愛いな」

エリオットは帰ってくるなり、アンネを私室へと引き込んで事に及んでいた。足を高く持ち上げ、足先を丹念に舐ってゆく。足指の間まで丁寧に飽きもせず、愛おしそうに嬲り転がされ、それだけでどうかしてしまいそうだ。

もう十分に濡れているにもかかわらず、欲しいものがなかなか与えて貰えずに、腰が無意識に物欲しげに揺れる。

「エリオット様？　あの、そろそろ……ね？」

アンネは、はしたないことをお願いする恥ずかしさで涙目になりながら、エリオットに懇願する。

エリオットはアンネの額にそっとキスを落としながら耳元で腰にくる低い声で囁いた。

「次にうどんを作る時は、是非俺にも見せてくれ」

「え。それは……」

正直気が引ける。アンネがうどんを踏んでいる時は簡素なドレスを膝上近くまでたくし上げ、裸足で踏み踏みしているのだからとても褒められた姿ではないだろう。アンネが答えに窮しているのを見て、エリオットは追い立てるようにさらに前戯を続けようとする。

「あっあっ！　これ以上は……おかしくなりますっ！　わかりました、見せますっ！　見せますから」

「ああ、約束だぞ？」

こくこくと縦に首を振り肯定の動作を見たエリオットは、アンネを貫き腰を激しく動かす。一気に待ち望んでいた快楽に翻弄され、アンネは一瞬気を飛ばすが揺さぶられる刺激にまた戻ってくる。

「ああ……こんなに締め付けて。そんなに足指の愛撫は良かったのか？」

エリオットに揶揄うような、見透かすような調子で聞かれてアンネの顔が赤くなる。恥ずかしさから頬を膨れさせてエリオットを睨みつけた。

「そっ、そんな事聞かないでくださいっ！　もぅ……あっ！」

「すまない、君の反応があまりにも可愛くて……怒らないでくれ」

エリオットの眉毛が下がりがちになった。アンネはこの顔をする彼を許さない事は、この先一生ないのだろう。そんな殊勝なエリオットの態度とは裏腹に、アンネの中に収まっている彼のモノは、アンネが膨れ面をした辺りでかなりの怒張を誇示してくる。

「あっ、あの……」

「俺もそろそろ限界だから動くぞ」

エリオットはアンネの膝裏を持ちながら、いつもよりも激しめに腰を振った。ポラリス神聖典で女性が伴侶以外に足首から下を露出するのははしたないとされる。しかしそんな事を気にするのは、この国では貴族くらいのものだ。平民はいちいち気にしていたら仕事がままならないことも多い。

アンネが自分達のために一生懸命うどんを作っている姿を想像すると、健気さと愛おしさを感じていてもたってもいられない。エリオットは倒錯的だと理解していたが、そんな彼女を是非見てみたかった。多少無理やりになってしまったが、アンネとの約束を取り付けることに成功した。

「あっあっぁ……！　ぁんっあああぁ!!」

中でアンネが果てるのを感じると、膣内がエリオットから絞り上げるように蠢く。

「俺も、出る……っ！」

中に精を放つと、互いに相手を求めるように深い口づけを交わした。

◆◆◆

「え……今日もうどんなの？　いや、僕は好きだからいいんだけど」

オリバーは一昨日食べたにもかかわらず、またうどんが出てきた事に少し驚いていた。

「あ……はい、今日は味噌煮込みうどんです。卵が入ってるので、かき混ぜて食べると美味しいですよ」

アンネはオリバーに食べ方をレクチャーした。エリオットは黙々と満足そうに食べている。

アンネはあの性交の次の日に、エリオットにより約束を行使させられていた。一人でやる分には恥ずかしくもなんともないのだが、はしたないとされている足を膝上まで上げて、素足でうどん生地を踏んでいる様をエリオットに見せるというのは想像以上の羞恥（しゅうち）を感じた。

アンネは一人で踏んでいるこの状況に恥ずかしさが限界にきたため、エリオットの足を綺麗に洗い彼にも参加してもらう事にした。おかげでとてもコシの強いいいうどんができた。アンネの精神的なものが多少削（けず）られはしたものの結果は満足だ。

何も知らないオリバーと、真実を知る二人は美味しくうどんを食べ進めたのだった。

オリバーの傷心旅行

Mibou jin ANNE no Neya no Tehodoki

オリバーは数週間前に邸を数日間程あけて、傷心一人旅に出た。旅と行っても自領と王都の闘技場へ行くだけの事なのだが、兄とアンネには行き先を告げなかった。

旅程でまず最初に訪れたのが、アンネが管理しているという救済院だった。救済院と併設されている教会の近くに、両親の墓がある。墓参りついでに元気に外を駆け回る救済院の子供達の様子を、柵の外から何とはなしに眺めていた。

小さい子に混じって、明らかに成人済みであろう女性が笑いながら子供達を追いかけ回している。この救済院を管理している者の一人だろうか。

貴族女性であれば、はしたないと咎められそうなくらい、スカートの裾を翻しながら小さい子達と共に笑い転げている。

アンネにキスの真似をしたあの時。途中で何か違うと思った自分がいた。アンネが顔を背けた時多少傷ついたが、それよりも安堵の方が大きかった。

そんな事を思い出して「はぁ……」と深いため息をつきながら下を見ると、いつの間に近づいてきていたのか二、三歳くらいの子供が指を咥え、小首を傾げながらオリバーをまじまじと見上げていた。

「えりおっとさま？」

言葉を覚えたてなのかたどたどしく喋る。

「……違うよ」

オリバーは短く返事を返した。

アンネとエリオットが、たまにここに来ている事は聞いていた。エリオットはああ見えてとても世話好きなので、子供達から好かれていると言う。

オリバーは子供が苦手だ。煩いし汚いし、無遠慮にどこでもべたべた触ってくる。

エリオットと姿形が似ているくせに、冷めた目をしたオリバーに混乱して怯えたのか、目の前の子供はくしゃりと顔を歪め、その目に涙が溜まった。

オリバーがしまった！　と思った時にはもう遅く、耳をつんざくような泣き声が救済院の庭に響いた。

（う、うるさいっ!!）

しかし、ここでこの子供に「うるさい」と言えば事態はさらに悪化するのだけはわかる。

騒ぎを聞きつけた子供達が、ゾロゾロとオリバーの周りに集まってきた。口々に「エリオット様だー」とか「アンネ先生は？」とか聞いてくる。

（そんな事はどうでもいいから、早くこの泣き声を何とかしてほしい……）

子供達の余りの喧騒（けんそう）に、辛抱が限界にきてもう立ち去ろうと思った時に、急に声が止（や）む。

視線をあげると先程庭を駆け回っていた女性が、泣いていた子供を抱き上げて落ち着かせ、他の子供達を窘（たしな）めていた。

「こーらっ！　そんなに一気に話しかけても、相手が混乱するだけでしょ。あとご挨拶（あいさつ）が先！」

成人していると思った女性は、化粧は薄いがとても整った容姿をしていた。猫のように大きい目で、長く緩いウェーブの金の髪をハーフアップで纏（まと）めており、服装は地味だが質の良いものを着ている。

子供達は注意を受けて、皆素直にオリバーに挨拶してくる。

子供達は大したリアクションのないオリバーに早々に飽（あ）きたのか、また散り散りになって走り回り遊び始めた。

やっと訪れた静寂に安堵していると、女性が話しかけてきた。

「私、イルゼです。オリバー様は本日はここの視察にみえたんですか？」

オリバーは自分の名前を呼ばれた事に驚いた。滅多に人前に出ないオリバーの事がわかるとは。

「いや、僕は……」

「まぁ！　侯爵（こうしゃく）の領主様はよく来てくださるのに、その弟の子爵（ししゃく）様は自領の救済院の視察にも来てくださらないのかしら？　これはアンネ先生やエリオット様への相談案件だわ」

「遠慮しておく」と言いかけたオリバーの声を遮（さえぎ）って、イルゼはわざとらしく嘆（なげ）いている。

オリバーは人好きのするニコリとした顔をして、イルゼの誘いをやんわり断る方向へ持っていく事にした。

「ふっ……僕も忙しくてね。この後予定が詰まっているんだ。悪いね」

「あら？　先程シスターからこれからの予定を聞かれていたの偶然聞いていましたけれど、明日王都にある闘技場くらいしか予定がないと仰ってらしたような？」

はて？　と言うかのように人差し指を顎に当てて小首を傾げ、さも不思議と言う雰囲気を出すイルゼに、オリバーはおとなげなくイラッとした。

（……こいつ）

オリバーの苛つきが多少伝わったのか、イルゼは肩を竦め宥めるように微笑んだ。

「まぁまぁ、そう怒らないでくださいな。申しわけありません、たかが平民の小娘の戯言ですわ」

「別に……気にしちゃいないよ」

平民が貴族を怒らせれば、領地によっては斬り捨てられてもおかしくはない。

もちろんオリバーはそんな事をするつもりはないが、大抵の平民は本来なら貴族と関わるのは避けるものだ。イルゼの肝の座り方に少し面喰らった。

アンネといい、イルゼといい平民の女性は距離感がズレている。まぁアンネは元子爵令嬢だが、存在そのものが規格外だ。

普段、何を考えているのかわからない貴族とのやりとりに慣れている身としては新鮮でもある。

「戯れついでにオリバー様。私と賭けをいたしませんか？　コインを使った簡単なゲーム。裏か表か」

イルゼの胡散臭い誘いに初めは訝しんだオリバーも、闘技場で剣闘士に賭ける前の運試しにと言われ、ついつい乗ってしまった。


イルゼは100マルドコインをポケットから出して、オリバーを賭けに誘った。

グランドール家には、エリオットと似ている容姿をしている弟がいると言うのを客から情報として聞いて覚えていたので、オリバーの為人に興味があった。

なので、オリバーの姿を見かけて思わず話しかけていた。

まぁ、話した感じはこの国の典型的な貴族と言う感じだった。

オリバーが賭けに乗って来ようが乗って来まいが、イルゼは別にどちらでも良かった。

束の間の自由な時間、乗ってきた場合は気位の高い貴族男性の鼻っ柱を折るのも楽しいかもしれない。乗って来なければいつもの里帰りの日程を過ごすだけだ。

「……裏」

「じゃあ、私が表ですね」

ピンっとイルゼはコインを弾き、コインが弧を描き落ちてくるのを左手でパシッと掴まえた後、手の甲で受け止めた。

コインは表だった。

「ちょっと待った。そのコイン見せて」

オリバーはいかさまを疑いコインを検分しだす。先程のやり取りでも思ったが、この男案外器が小さい。

コイン自体に仕掛けはない。ただ左手で摑む時に、指先で表裏を瞬時に判断しているだけだ。客から教えて貰ったこの技は、多少の練習は必要だが原理が単純な分、見抜かれにくい。１００マルドコインにしたのも、凹凸がわかりやすいからだ。

オリバーはコインに問題がないとわかると五回勝負を挑んできたが、当然全てイルゼが勝利した。これ以上やるなら金を賭けないと嫌だと言うと、あっさりのってきたオリバーを見て、イルゼは内心しめしめとほくそ笑んでいた。

これから寒い季節を迎えるのに、救済院では色々物入りだろうから丁度いい。

この時点で、この男のしつこさに気付くべきだったのに。

イルゼは手っ取り早くオリバーから金をせしめようと、救済院内に置いてあった娯楽玩具で賭け勝負をする事を提案した。

オリバーも早く帰りたいのか、平民の娘だと用意できないような高めの賭け金を提示してくる。

「……どうする？　やめる？　別に僕はどっちでもいいけ」

「はいはーい！　やりまーすっ！」

子供達にこれからの時期に向けて暖かい服や毛布を買い足したり、暖炉に使う薪代にするのもいい。

お金はあればあるほど役に立つ。

「……」

オリバーは、イルゼが勝つ前提でノリノリなのが面白くないのか、分かり易く苛ついている。以前に会ったエリオットといい、オリバーといい貴族の癖にあまり感情を隠すのが上手くなさそうだ。そんな調子でアンネをちゃんと守れるのか、イルゼは心配していた。

オリバーはアンネの情夫なのだと客から聞いていた。アンネはとても魅力的な女性だ。情夫の一人や二人いたってまったくおかしくはない。普段の彼女の凜としたイメージとのギャップがあり、そこがまた同じ女性として尊敬に値するとイルゼは思っている。

イルゼは巧みな話術を駆使してオリバーを時におだてたり、けなしたりしながら、数々のゲームで勝利してゆく。イカサマらしき事をしたのは飽くまで最初のコインくらいだ。

尊敬するアンネの義弟なのだから、ご挨拶がてらにある程度絞り取れればそれでいい。

オリバーのお金が尽きる手前で、丁重にお帰り願うだけだ。

……丁重に、お帰り……

……お帰り……

……えーと。

「いや、もうっ！　いい加減帰ってもらえるっ!?」

時計はすでに深夜を回っていた。

「いや、帰れって言ったって……さっきのリバーシで賭けていたのが今日の宿代だったから」

「はぁっ？」

この男は手持ちの金を全て賭けて敗北し、ついさっきイルゼに対しての身分差まで取られたばかりだ。

金のない奴にもう用はないため、平民との身分差を賭けるなどプライドの高い貴族であれば絶対嫌がる条件だったはずなのに、あっさりとのってきてイルゼはドン引きした。

「信じられない……」

しかしこの駄目な男と一切の色事なく興じるゲームは、普段男達の情欲の目に晒(さら)されているイルゼにとって、それは案外楽しかった。

「……ていうかさ。……ふふ……子供、でき過ぎじゃない？」

本当に最後の勝負として選んだ双六盤(すごろくばん)のオリバーの駒には、止まるマスで量産された七人目の子供のピンが縦に乗り切らず、横倒しになっている。

「……出産費用と育児支度金で、もう破産しそうなんだけど……」

結局その勝負もオリバーが負けた。


宿代まで使い込んでしまった彼は、救済院の物置部屋を借りて寝ていくと言う。救済院の管理人に、後日必ずお礼をすると言う事で交渉(こうしょう)していた。管理人は「貴族の方を物置に寝かせるなど、とんでもない」とオリバーの主張に慌(あわ)てて別室を用意すると言っていたのだが、彼は頑(がん)として物置で寝ると言って聞かず、結局管理人が折れていた。どちらにしてもとんだ迷惑者である。

「さて。今日はもう流石に遅いから、明日決着をつけよう」

「……」

イルゼは呆れて物が言えなかった。

どうせ明日は朝早くに、プレジエールからの迎えが来るから、もうオリバーと顔を合わせる事はないだろう。

プレジエールで今の順位が維持できていれば、イルゼがここへ帰れるのは早ければ一年後だ。

オリバーはイルゼに挑んだはいいがことごとく負け続け、結局まだ旅行二日目なのに一文無しになってしまった。

最早宿代しか残されていないオリバーから、尻の毛まで毟り取る勢いで提案された『私的な場での身分差を無しにする』と言う馬鹿げた物まで賭けて、自信満々だったリバーシでも敗北した。

最後の止めが子沢山双六盤だった。

ここまで来ると、もう運だけでは有り得ない。イルゼの事を、オリバーは内心とても感心していた。

(……彼女なら……)

オリバーは物置部屋に置いてある、余っていた子供用のベッドで足をはみ出しながら寝転んで、先程までの勝負を思い出していた。

自分の心の中の何処かに、頭を使うゲームで女性に負けるなんて有り得ないと思っていた。事実アンネに対してリバーシでは無敗だった事もあり、イルゼとのリバーシも勝って当然とどこかで考えていたのだ。

オリバーは自分に色目を使ってくる貴族女性が苦手なだけで、そうではない女性の事は普通に接していると自分では思っていた。

しかし、日常生活や貴族学園でも男尊女卑（だんそんじょひ）が根底にあり、その思想が染み付いている環境に身を置いていると、意識していなくてもその考えに傾倒している事実に驚いた。

アンネは民間の学校の教員を探していると言っていた。子供の扱いの仕方といい貴族とやり合える肝の座り方、頭の回転の速さを鑑（かんが）みて教員に推薦（すいせん）すると言う道もある。

（そして、僕がこれから興（おこ）したい事業にも協力して貰えたなら……）

起きたらまたイルゼにゲームを挑む事と、まずは邸で働いてみないかと勧誘してみようと思っていたのだが、オリバーが起床した時には既にイルゼの姿は救済院から消えていた。

救済院の関係者に聞いても、イルゼの詳しい情報は神のみが知っておりますとはぐらかされ、結局教えてはもらえなかったのだった。

あとがき

この度は、拙作をお手に取って頂いて、誠にありがとうございます。この作品を支えてくださった読者の皆様、またかなり早い段階からこの作品に目を掛けて頂いたKADOKAWAの編集部の方々には、感謝しても仕切れないほどの気持ちでおります。

今回イラストを担当してくださった天路ゆうつづ様は私のふんわりとしたキャラ設定を美しく形にして頂いて感謝感激なうえ、嬉(うれ)しいやら申し訳ないやらの気持ちでいっぱいでございます。

さて、このアンネを書いたきっかけなのですが、それまでずっと読者として色んな作品を読んでいました。そして行き着いた私の考える萌(も)えるお話が、『悲観的にならない展開と自分で活路を拓(ひら)く精神力の強いヒロイン、見た目からはわかりづらい愛の重ための一途なヒーロー。隠し事をなるべくしない関係で言葉を尽くしているにもかかわらず、結局誤解されてしまう……』という何ともレアなものだというのに気付きました。他にも異世界転生が好きだったり、アラサー女子が好きだったり、乙女(おとめ)ゲーム的な要素が好きだったり……これら私の萌え要素を詰め込んだものが、まだ世に出ていないのであればいっそ自分で書こうっ！　と思ったのが始まりです。そして、それらを煮詰めてできたのがこの『未亡人アンネの閨(ねや)の手ほどき』なのです。

小説などそれまで書いたことがなく、書き方なども特に検索しないでプロットの存在も推敲(すいこう)というものも知らず、完全に見切り発車でこの話を書き出しました。その勢いが功を奏したのか、多くの方に見ていただいて、こうして書籍として世に出すことができたので人生何が起こるかわからないなと感慨深いです。

個人的に思い入れのあるシーンは色々あるのですが、やはり最初のアンネとエリオットでの体位の再現でしょうか。書き始めた時からこのシーンはぜひ書きたいと思っていたので……書いていく内に、意外といい反応をエリオットがしてくれたので、その後をかなり書きやすくなったのをよく覚えています。

書籍化するにあたって書き足した部分も多いので、ぜひWEB版との違いを楽しんで頂ければ幸いでございます。

和泉和歌（いずみわか）

本書は「ムーンライトノベルズ」(https://mnlt.syosetu.com/top/top/)に
掲載していたものを加筆・改稿したものです。
この作品はフィクションです。実在の人物・団体・事件などにはいっさい関係ありません。

●ファンレターの宛先
〒102-8177　東京都千代田区富士見 2-13-3　eロマンスロイヤル編集部

未亡人アンネの閨の手ほどき

著／和泉和歌

イラスト／天路ゆうつづ

2020年11月30日　初刷発行
2023年 9 月15日　第2刷発行

発行者　山下直久
発行　株式会社KADOKAWA
〒102-8177　東京都千代田区富士見2-13-3
(ナビダイヤル) 0570-002-301
デザイン　AFTERGLOW
印刷・製本　凸版印刷株式会社

ISBN978-4-04-736431-8　C0093
定価はカバーに表示してあります。